KB108728

당신이
놓치고 있었던
바로 그것,
앵커링

당신이 놓치고 있었던 바로 그것, 앵커링

발행일   2020년 10월 30일
지은이   서로
펴낸이   한아타
펴낸곳   출판법인 드림워커
제작처   (주)북랩 book.co.kr

등록일자   2017-08-08
등록번호   제2018-000083호
등록주소지 서울특별시 마포구 잔다리로 48, 정원빌딩 3층 3076호
홈페이지   https://drmwalker.modoo.at
이메일   ii21@live.com
전화번호   050-4866-0021
팩스번호   050-4346-5979

ISBN   979-11-958185-9-4 03800

이 도서의 국립중앙도서관 출판예정도서목록(CIP)은 서지정보유통지원시스템 홈페이지(http://seoji.
nl.go.kr)와 국가자료공동목록시스템(http://www.nl.go.kr/kolisnet)에서 이용하실 수 있습니다.
(CIP제어번호: CIP2020043405)

당신이
놓치고 있었던
바로 그것,
앵커링

Anchoring

서로 지음

DreamWalker

드림워커

이 책의 인세 일부는
저자의 요청에 의해
인천 한부모 가정 공동체를 위해
사용됩니다.

이 책에 쏟아진 찬사

이 책을 보면 우리 삶의 깨달음과 변화를 가져오는 실용적인 지침이 꼭 나이가 많은 명사들로부터만 나오는 것은 아님을 알게 된다. 오랜 인연으로, 현재도 저자와 소통을 하고 있다. 적극적이고 목표지향적 모습이었던 저자로부터… 책을 낸다는 소식을 듣고, '드디어 이 친구가 사고를 쳤구나' 싶었다. 나는 이 책이 자신의 삶을 개선하고 바꾸어 가려는 사람들에게 매우 유익한 영향을 줄 수 있을 것이라 생각한다. 공허한 많은 자기계발서와 달리 친생활적이고 핵심을 잡아내는 조언이라는 생각이 든다. 나의 후배들과 사랑하는 사람을 위해 이 책을 권하고 싶다.

김경태

전 청와대, 국회 근무. 현 단국대 교수 행정학박사

진리가 단순하듯, 성취의 비결 역시 의외로 간단할 수 있다. 단, 성취를 해내려면 이 비결을 습관으로 재창조하지 않을 수 없다. 저자 '서로'로부터 15분의 비결 이야기를 들어보고, 그것을 자신의 습관으로 만들어갈 마음을 가져보자. 특히 조직생활이나 바쁜 직장일로 세월을 보내고 있는 가운데 자기주도적인 삶을 꿈꾸어야 할 때가 되었다고 느끼고 있는 독자들에게 권한다.

안영노

전 서울대공원 원장. 〈모자이크로 승부하라〉 저자

내가 원하는 삶을 살아가라는 메시지가 넘치는 세상이지만 매일 마주하는 일상에서 목적과 방향을 잡기는 쉽지 않다. 열심히 바쁘게 사는 것 같은데 정작 내 삶의 방향성에 대해서는 열심히 고민해 본 적이 없는 지금의 평범한 사람들에게 '아하'를 주는 책이다. 평범한 대기업 직장인이었던 저자가 작은 변화들을 일으키고 변화된 삶을 완성해 나가는 꿀팁은 분명히 많은 이들에게 유용한 인생 안내서가 되어줄 것이라 믿는다.

성새롬

현 NXMEDIA 미디어전략 총괄, 성격심리유형 전문가

성취의 길을 위해 읽었던 지금까지의 뻔한 자기계발서와는 차원이 다른 서적 〈당신이 놓치고 있었던 바로 그것, 앵커링〉. 이 책을 읽으면서 그동안 무수히 범했던 크고 작은 삶의 핑계에 깊은 반성 일기장이 쓰여진다. 저자의 철학과 방향 제시는 갈팡질팡하는 현대인들에게는 자양분이자 나침반이 될 것이다. 더군다나 팬데믹, 언택트, 뉴애브노멀로 불확실한 시대를 살아가고 있는 현대인들에게 '15분의 마술'은 티핑 포인트가 될 것이다.

서준렬

(사)한국공유경제진흥원 이사장. 〈개인의 시대가 온다〉 저자

인생의 닻을 어디서 내리고 개척해 나갈 것인가? 이 책 〈당신이 놓치고 있었던 바로 그것, 앵커링〉은 바로 이 근본적인 질문에 대해 실효적인 해답과 방법을 제시하고 있다. 인생은 고해(苦海)이다. 유감스럽게도 풍랑이 거센 바다를 항해할 때, 천운(天運)이라는 불확실성에 개인의 운명이 달려있는 경우가 많다. 저자는 뉴노멀시대의 불안과 불확실성을 해소시킬 현실적이고 실용적인 공감이 가는 해답을 이 책에서 명쾌하게 제공한다. 저자는 내가 강의하던 미디어학부의 특출난 학생이었다. 저자는 미디어의 세계와 소통의 중요성을 알고 있었

다. 모두를 위해 저자가 경험하고 관찰하고 기록하고 연구한 이 책의 메세지는 진실로 귀하고 가치 있다.

원우현

고려대학교 언론학부 명예교수, 전 한국사회과학협의회 회장

장소와 공간이 지닌 매력을 개발해 '명소'를 만드는 것처럼, 개인도 자신이 지닌 역량이나 가능성을 개발해야 하는 시대를 살고 있다. 실질적인 변화와 성장의 동력은 바로 스스로의 자각과 실천을 기반으로 실현될 수 있다. 우리는 '자기계발'이라는 명목하에 배움의 길목에서 매번 작심하지만, 안타깝게도 삼일을 넘기지 못하고 포기하는 경우가 많다. 이 책 〈당신이 놓치고 있었던 바로 그것, 앵커링〉은 자기계발의 오아시스를 간절하게 찾는 사람들에게 청량한 샘물이 되고 있다. 저자는 인사관리에 대한 이론 연구와 현장경험을 통해 잠재력을 지닌 인력을 발견해내고 성장하게 하는 '인력창조 큐레이터'다. '앵커링'을 통해 그 전환점을 만드는 것이 가능하다고 저자는 역설하고 있다. 부디 여러분 삶의 '앵커링'을 경험하게 되길.

황길식

대통령 직속 국가균형발전위원회 소속 위원, (주)명소아이엠씨 대표

사람들은 성공적인 삶을 살고 싶어한다. 성공과 성취를 위해서는 어떻게 해야 할까? 이 책은 많은 자기계발서들에서 이야기하고 있는 지리하고 막연한 내용이 아니라, 저자의 독특한 경험과 도전적인 삶이 바탕이 된 실용적이고 실질적인 조언과 지침을 제시하고 있다. 특히 '성취'라고 부르는 영역으로 많은 사람들을 어떻게 이끌어 낼 것인지에 대해 고민한 저자의 흔적이 곳곳에서 엿보인다. 급변하고 있는 세계 정세나 코로나로 인한 국내 상황들, 그리고 최근 부동산 상황과 경제적 혼란 등은 많은 젊은이들과 후배들을 당황하게 하고 있다. 이 책은 그들이 나가야 할 방향을 제시하는 선물 같은 책이 될 거라고 확신한다. 모쪼록 이 책의 발간을 통해 희망과 용기의 분위기가 만들어지길 기대해 본다.

이명경

미국 공인회계사(AICPA, Delaware), 조세 전문 변호사, 법무법인 호연 대표

　단 15분간의 '앵커링'이 우리 정신과 의지, 자신에 대한 성찰에 얼마나 깊이 관련되어 있는가를 직접 확인해 보기 바란다. 아마도 그 엄청난 효과와 자극에 놀랄 것이다. 뿐만 아니라 이 책은 외적 노력과 움직임이 결코 몸의 근육과 신경만을 자극하는 데 멈추지 않고 자신을 변화시키는 원동력이 될 수 있

다는 것을 보여준다. 삶에 새로운 변화와 열정이 필요한 모든 사람에게 저자는 자신의 생생한 체험을 통해 간증하고 있다.

조명철

고려대학교 사학과 교수

모든 사람은 공평하게 잘하는 것과 잘못하는 것을 함께 지니고 세상에 나온다. 하지만 정작 많은 사람들이 자신이 잘할 수 있는 것이 무엇인지 모른 채 삶을 보내거나 적절하지 않은 방법으로 시간과 노력을 투자하기 일쑤이다. 당연히 효과가 크지 않아 쉽게 포기하거나 비슷한 실패를 반복하며 실망을 경험하기도 한다. 이 책의 저자는 자신의 실패와 성공의 경험을 바탕으로 다른 사람들이 실패를 줄이고 성취의 가능성을 높일 구체적인 실행 방법을 제시한다. 바로 "앵커링"이라는 방법을 통해서이다. 나는 책에 담긴 저자의 제안들을 실행할 때 성공을 막는 장애물들이 제거될 수 있다고 믿는다. 부디, 이 지침에 귀 기울이고 자신의 멋진 인생을 만드는 독자가 되어보길 추천하는 바이다. 일단 경험해 보라!

국윤성

전 홈플러스 아카데미 총괄 상무, 현 처브라이프생명 인사총괄 전무

이 책을 읽고 보니, '삶의 가치'라는 것이 무척이나 고귀하게 느껴진다. 저자가 걸었던 길과 같은 경로를 걸어가면서 시행착오를 겪고 있을 사람들에게 도움을 주려는 저자의 배려가 느껴지기도 했다. 결국 이 책은 어떻게 우리가 삶 속에서 탁월함을 획득할 수 있는지를 알려주는 책이라고 할 수 있을 것 같다. 영향력을 행사하고, 유의미한 결과를 얻어 내기 위해서는 분명히 자신 내면의 에너지를 끌어내는 과정이 필요하다. 또한 위기의 순간에 발휘되어야 할 내면의 기치와 끈기도 매우 중요하다. 이 책은 바로 그러한 능력을 얻는 방법을 이야기하고 있다. 나는 되도록 많은 사람들이 이 책이 말하는 바에 귀 기울이고 그 안의 지혜를 배웠으면 한다. 배우고 깨우친 통찰은 우리 삶의 변곡점을 만들어 줄 것이라 믿는다.

김대중

고용노동부 산하 노사발전재단 고용전략 본부장

자신의 삶을 바꿀 수 있다는 내용에 설레지 않을 사람이 있을까? 제목부터가 매우 특별한 책이다. 많은 사람들이 변화를 만들고 싶어하고, 또 그러기 위해서 엄청난 노력을 한다. 보다 현실적으로 목표한 바를 쟁취할 방법은 없는 것일까? 이 책은 그 방법을 제시하고 있다. 나는 선배로서 저자와 개인적인 친분이 있다. 돌이켜 보니, 저자는 내가 아는 최고의 후배였다는 생각이 든다. 개인적으로 느낀 건, 이 책은 여타의 다른 자기계발서에 비해 디테일한 조언을 하고 있다. 동기부여, 방법들에 대해 직접적이고 현실적인 제안들이 들어 있다. 책을 읽고 바로 적용해보자! 성공과 성취에 대한 자신감이 붙을 것이다. 여기 책의 내용을 그대로 실천한 첫 사람이 저자다. 누가 그 다음의 목자가 될 것인가? 그 사람에게 삶의 축복을 보낸다.

오승준

현 법무법인 우성 파트너 변호사

이 책은 자신의 삶을 성공적으로 꾸려가기 원하는 사람들에게 매우 실용적이고 효율적인 조언이 들어 있는 책이다. 내가 겪은 저자는 목표를 정하면 최선의 노력을 하는 사람인데 이러한 열정이 책에도 고스란히 녹아 있다. 코로나와 다양한 사회적 이슈들로 어려운 시기지만 이 책으로 통해 많은 독자들이 현실의 문제들을 극복해 나가는 깨달음과 추진력을 얻는 계기가 되었으면 한다.

최승우

티앤디 파트너스 대표, 전 매일경제 교육팀 근무

인생을 살다보면 "내가 제대로 가고 있는 걸까?"라는 의문이 들 때가 있다. 특히 요즘처럼 코로나19, 주식, 부동산 등 사회가 불안할 때엔 더 그런 것 같다. 이 책은 그런 진지함에 대해 새로운 각오로 삶을 임할 수 있게 하는 "단비"와 같은 책이 될 것이다. 다양한 창업지원 프로그램 속에서 만나는 젊은이들이 자신의 삶의 방향에 흔들리거나 고민이 될 때 이 책이 작은 동기부여와 도움이 될 수 있을 것이다.

김성종

공학박사, 전북대학교 창업지원단 총괄팀장

지금 이 순간 당신은 자기계발이나 성공에 대해 생각하고 있을 것이다. 어쩌면 요즘 일이 잘 풀리지 않아 스스로의 미래나 앞으로 있을 일들에 대해 생각이 많아졌을지 모른다. 다가올 내일이나 당장 몇 년 후를 위해서 무엇을 해야 할지 잘 모르겠다고 생각하는가? 아니면 그닥 당장의 절실함이 느껴지지는 않지만 막연하게 처세나 자기계발에 관심이 있다고 생각하는가?

자기계발의 홍수

그야말로 '자기계발'의 홍수라고 해도 과언이 아니다. 한 해에도 수없이 많은 책들이 성공과 자기계발을 컨셉으로 만들어지고 있다. 단언할 수 있는 것은, 이 책은 결코 당신이 이전에 보았던 '그 나물에 그 밥'식의 뜬구름 잡는 듯한 조언은 하지 않을 것이라는 점이다. 매우 '구체적'으로 당신의 미래와 삶에 이 책은 관여하게 될 것이다. 그리고 '실제적'으로 당신의 삶이 변화하는 것을 '직접' 느끼게 될 것이다.

서점 코너를 기웃거리다가 우연히 이 책을 집어든 당신, 이제 당신과 나와의 인연이 시작되었다. 부디 이 책을 놓지 말길 바란다.

무엇으로 내 삶을 바꿀 것인가?

나 역시 과거부터 내 삶을 바꿀 수 있는 혁신적인 방법이 없을까를 생각했고, 더불어 그와 관련된 많은 책들을 탐독하였다. 책과의 인연은 당시 꽤 유명했던 한 독서클럽에서 시작되었다. 그곳에 강연을 하러 온 저자를 직접 만나서 그 책을 기획했던 의도나 쓰게 된 과정, 쓰고 나서 삶에 일어난 변화, 책에 차마 하지 못했던 이야기 등을 공유하곤 했다. '후루이치 유키오', '앤서리 라빈스', '나폴레온 힐', '브라이언 트래이시', '말콤 글래드웰', '피터 드러커' 등 유명한 사람들의 스토리를 강의로 듣는 기회를 가졌다. 나는 2년 동안 이 모임의 스태프 활동을 하면서 책을 많이 읽었고, 그러면서 입체적인 사고를 할 수 있게 되었다.

여러 공부들을 하면서, 나 역시 긍정적인 영향을 더 많은 사람들과 함께하고 싶었다. 사실, 우리들에게 주어진 환경은 명확하고 단순하다. 대한민국의 모든 사람은 초등학교 중학교 고등학교의 정규과정을 거친다. 그리고 대학에 진학한다. 꽤 많은 사람이 대학에 진학을 하게 되는데, 진학을 하는 이유는 쉽게 말해 취업을 위해서이다. (엄청나게 서글픈 현실이다.) 대학 졸업장이 있으면 직장을 선택하는 데에 더 많은 선택권을 가질 수 있으니까 말이다. 정신없이 인생을 그렇게 끌려다니다, 정작 자신에 대해서 고민하는 시간은 별로 없이 젊은 날들을 탕진한다.

서글픈 현실들

학교는 서로를 흉내 내는 장소로 변한다. 조금이라도 다른 모습을 보이면, 왕따를 당하는 것은 시간문제이다. 그리고 그렇게 왕따를 당하는 학우들을 보면서 내가 어떤 모습을 보여야 살아남을 수 있는지를 익힌다. 방법은 간단하다. 다른 사람들이 하는 대로 하는 것이다. 그러면 눈에 띄지 않게 된다. 다른 사람의 시선을 피하는 방법은 다른 사람을 따라 하는 것에서 시작된다.

공부를 조금 더 잘하면 학교 생활에서 유리하다. 학업 성취도가 좋으면 인정받을 수 있고 자신이 다른 사람보다 조금 더 낫다는 것을 스스로가 인지하게 된다. 다른 사람의 시선에 큰 주의를 기울이지 않아도 되는 것처럼 행동할 수도 있다. 그렇지만 이건 큰 틀에서 보면, 서로를 흉내 내는 모습에서 벗어난 것이 아니다. 우리는 그렇게 평생 흉내 내기 놀이를 하고 있는 것이다.

스스로를 숙고하다

내가 누구인지, 어떤 사람인지, 무엇을 사랑하는 사람인지 고민하게 된 것은 꽤 오래 전인 것 같다. 누구나 그렇게 생각하는 것처럼 대학을 진학하고 나서 취업을 해, 나의 역량을 보여주는 일이 내가 할 수 있는 최선의 일이라고 여겼었다. 그렇게 나는 다른 사람들과 비슷하게, 아니 그 비슷한 일을 매우 열심히 하는 사람이 되어 있었다. 다른 사람들이 하는 일들이 나의 일이 되고, 대기업에 입사해 좋은 결과물들을 만들어냈다.

인사과에서 근무하면서 나는 독특한 경험을 했다. 아마도 내가 처음으로 다른 사람을 흉내 내는 일을 하지 않은 것 같다. 인사과에 근무하면서 대학생들의 취업을 도운 적이 있었다. 헤드헌터 같은 일은 아니었다. 왜냐하면 보수를 받고 취업을 도운 것이 아니었기 때문이다. 나는 취업 준비하는 대학생이 지원하는 회사에 연락을 해서 대학생의 강점에 대해 이야기해 주었다. 이력서에서 강조하는 부분과 지원하는 대학생의 차별점에 주목해서 이야기를 전했다.

내가 근무했던 대기업이 좋은 회사였기 때문에 나의 이야기는 좋은 영향력을 발휘할 수 있었다고 믿는다. 그리고 내가 대기업의 임원이 아니기 때문에 나의 이야기는 조금 더 호소력 있고 객관적인 역할을 했다고 생각한다. 그런데 바로 이 과정이 나 자신에 대해서 진지하게 생각하는 기회가 되었다.

다른 사람의 강점에 대해서 이야기를 하면서, '나의 강점은 무엇인가'를 고민하게 되었다. 나만의 차별점은 무엇일까? 내가 다른 사람들과 다른 점은 무엇일까? 다른 사람과 비슷한 정규과정을 겪었지만 내가 다른 모습을 보일 수 있다면 그것이 무엇일까? 다른 사람의 강점을 보면서 객관적으로 이야기할 수 있다면, 나의 강점에 대해서도 객관적으로 어필할 수 있지 않을까? 그리고 그것은 불확실한 나의 미래를 대비하는 면에 있어서 도움이 되지 않을까?

'내가 다른 사람과 다르다'는 것은 나의 생각에서 시작되었다. 더 중요한 것은 나의 행동이었다. 내가 다른 사람과 '다른' 행동을 하게 되면서, 나의 다른 모습을 발견하게 된 것이다. 대학생이 지원하는 회사에 연락을 해서 취업을 도운 일은 나만의 독특한 경험이었다. 나는 나의 독특한 행동에 주목했다. 내가 왜 그런 일을 했는지 무엇 때문에 그 일을 진행했는지에 대해서 곰곰이 생각했다.

내가 주목한 것은 다른 사람들을 돕는 일이 꽤나 독특한 일이라는 점이었다. 내가 발견한 것은 다른 사람의 가치를 높이는 일이었고, 만족스러운 결과물을 만들어 낼 수 있었다. 나의 차별점은 여기에 있는 것이 아니었을까?

'나는 별로 특별하지 않다'

지금 이 책을 집필하고 있는 나는 당신에 비해 그다지 특별한 사람은 아니다. 과거의 나에 대해서 이야기하자면, 나는 운동을 꽤나 싫어하는 사람이었다. 그래서 과도하게 몸을 움직이는 법이 없었다. 어리숙한 모습에, 주변 환경의 흐름에 따라쟁이처럼 휩쓸리는… 평범하다 못해 연약해 보이는 여자아이였다.

하지만 나는 내 주변에 존재하는 시스템 안에서도 나쁘지 않은 위치를 차지하고 싶었고 그 안에서도 변화를 만들어 내고 싶었다. 크게 내세울 일은 아니지만, 남들이 스카이(SKY)라고 부르는 대학교를 졸업하고 대기업 인사과에서 꽤 오랜 시간을 보내기도 했다. 어찌 보면, 현 사회가 만들어낸 시스템에 최적화된 매우 정형적인 삶을 살고 있었다고 볼 수도 있을 것이다.

하지만 나는 그렇게 안주하고 싶지 않았다. 대기업 인사과의 직원들과 소통하면서 그들과의 네트워크를 운영하기도 했고 '아웃라이어 클럽'이라고 부를 수 있는 특별한 모임을 만들어 사회적 리더로 활동하는 멘토들과 멘티들을 연결시켜 주는 프로그램을 진행하기도 했다. 그 당시 나의 목적은, '아웃라이어'라고 말할 수 있는 '특별한' 사람들의 클래시컬한 모임을 만드는 것이 아니라, 동등한 기회를 가지지 못한 사람들에게 기회의 문을 열어주는 것이었다.

성취의 메커니즘을 알아가기 시작하다

그렇게 많은 사람과 연결되면서, 나는 스스로의 성취를 만들어 내는 것과 관련해 매우 간단하고, 누구나 적용할 수 있으며, 스스로를 통제할 수 있는 메커니즘이 있다는 것을 점진적으로 알게 되었다. 엄청나게 쉬운 방법은 아니지만, 그렇다고 실천하기 어렵지도 않다. 확실히 말할 수 있는 것은 '누구나' 적용할 수 있다는 것이다. 나는 그것을 '앵커링(anchoring)'이라고 부르기로 했다.

'앵커링'이란?

사실 '앵커링'이란 말을 내가 처음 쓰는 것도 아니다. 이미 앵커링이라는 말이 존재하며, NLP나 최면치료에 널리 쓰이고 있다. 앵커를 적용하여 특정한 반응을 유도하는 것으로, 선박에서 닻을 내리듯 특정 위치에 자리를 잡고 중심을 잡아가는 것을 말한다.

사실 우리의 성공이나 성취에 있어서도 이와 같은 앵커링이 필요하다. 솔직히 말해, 사람 내면에 있는 나른함이나 부분적 게으름은 불가능에 가깝다고 할 정도로 극복하기가 무척이나 힘들다. 거기에 더해, 사람은 감정적인 존재이기 때문에 변화된 상황이나 외적인 압박을 아무렇지 않게 헤쳐 나가기가 쉽지가 않다. 우리의 무의식은 쉬지 않고 핑계를 대려고 하고, 사실 이 부분이 우리의 성공을 막는 가장 큰 적이자 장애물이다.

우리는 우리의 나약함을 어떻게 극복하고, 스스로를 부스팅 하면서 성취를 만들어 갈 수 있을까? 바로 여기에 나의 생각이 시작되었다. 그리고 그간의 나의 경험들을 통해 알게 된 것들을 실험해 왔고, 가시적으로 '혁신'이라고 말할 수 있을 만큼의 변화들을 경험했다. 이 책은 바로 그렇게 만들어졌다!

당신도 얼마든지 실천할 수 있는 성공과 성취의 이 메커니즘이 무엇일지 궁금한가? 이 책을 집어 든 당신은 절대로 후회하지 않을 것이다.

이제 당신이 만들어낼 차례이다.

목차

I. 지금 당신에게는 앵커링이 필요하다

Ⅱ. 앵커링 이데아, 결단력

Ⅲ. 앵커링이 만드는 의식 에너지

IV. 무엇이 당신을 변화하게 하는가?

V. 유익한 습관이 당신을 지배하게 하라

Ⅵ. 어떻게
만들어갈 것인가?

지금 당신에게는
앵커링이 필요하다

.... ❧ ....

삶의 주인이 된다는 것은 결코 쉬운 일이 아니다.
어떤 방법으로 삶을 변화하게 할 것인가?
인생의 혁신을 만드는 원동력은 어디에서 오는가?
나태해진 나를 무엇으로 생동감 있게 할 수 있을까?

.... ❧ ....

스스로를 자극하는
무언가를 만들라

혹시 자신이 무척이나 게으르다고 생각해 본 적은 없는가? 혹은 너무나 타성에 젖어서 해야 할 일을 제대로 못하고 있다고 생각해 본 적은 없는가? 할 일을 눈앞에 두고서도 끝끝내 실행에 옮기지 못하는 자신을 보고 머리를 쥐어뜯은 적은 없는가?

힘들어 하는 것은 잠재력이 없어서가 아니다

사실 우리에게 잠재력이 없어서는 아니다. 하지만 뭔가 우리의 발전을 막고 있는 것이다. 그 순간 우리의 잠재력은 존재하지 않는 것이 아니라 잠을 자고 있는 것이다. 이 순간 우리에게 해야 할 일이 있다. 그것은 우리의 삶에서 잠재력을 '깨우는' 것이다. 하지만 이게 말이야 쉽지, 한번 늘어진 우리는 다시 자꾸만 이불 속을 파고들고 좀처럼 추진력을 내려고 하지 않는다.

'찰리 채플린'의 대표작 중에는 〈모던 타임즈(Modern Times)〉(1936)라는 작품이 있다. 〈모던 타임즈〉는 미국 대공황 시기에 만들어졌으면서도 현대 시대상을 가장 잘 표현하고 있는 영화로 평가된다. 하나의 부품이 되어버린 노동자들과 피폐해진 사회 속 구성원들의 모습을 이야기한다. 어쩌면 지금 우리의 자화상을 말하고 있는 것인지도 모른다.

영화의 스토리를 보면, 하루 종일 공장에서 너트를 조이다 모든 것을 조여 버리는 강박관념을 갖게 된 외톨이 찰리가 있다. 그리고 거기에 한 고아 소녀가 등장하는데, 이 두 사람이 작지만 소중한 행복과 희망을 찾아가는 이야기다. 쳇바퀴 도는 사회에서 살아남기 위해 어느 순간 기계가 되어버린 듯한 체념을 우리는 한번쯤 하게 된다.

우리는 그렇게 부속품처럼 살도록 태어난 것일까? 분명히 그렇지 않을 것이다. 그렇다면, 삶에서 잠재력을 깨우는 방법은 무엇일까? 가장 좋은 것은 무엇인가 변화를 주고, 자극을 받는 것이다. 그러나 이미 루틴이 만들어져 있는 일상에서는 그런 것이 쉽지 않다. 평상시 우리는 매우 바쁘다. 그리고 일과가 끝나고 나면, 우리 몸은 피곤함에 찌들어 쉽게 쉬고 싶어 하고, 몸은 말을 듣지 않는다. 학교나 학원, 회사를 다니면서 그 루틴 외의 것을 시도하기 어렵고, 여러 가지 제약에 부딪히게 된다. '다른 것을 해야지' 하는 의욕과 열정은 금세 식어버리고 귀찮음과 매너리즘에 봉착하게 된다.

'메기'를 한 마리 풀어 놓으라

루틴을 깨고 기회를 포착하기 위해선 일상에 '메기'를 한 마리 풀어놓는 것도 좋다. 이건 내 이야기가 아니라 국내모 유명 기업의 최고 경영자의 이야기다. 그는 '메기와 미꾸라지'의 이야기를 하면서 자신의 삶에 메기 한 마리를 풀어놓으라고 했다. 사람들이 안주하여 퇴근 시간만 기다리고 있을 때, 메기와 같은 사람을 집어넣으라고는 것이다. 미꾸라지류의 사람들이 안주하여 둔하게 돌아다닐 때, 천적인 메기가 한 마리 있으면 미꾸라지가 필사적으로 도망치게 되어 전체적으로 활발한 운동량과 자극에 대한 빠른 반응을 가지게 된다는 거다. 그렇게 조직은 도태되지 않고 더 나아갈 수 있게 된다.

실제로 나는 인사팀에서 근무할 때 이러한 '메기론'을 활용한 적이 있다. 외국 회사와 연계하여 일했던 내가 근무했던 회사는 "한국 회사는 그러한 자극이 필요하다."며 각 부서별로 '메기'를 투입할 것을 제안했다. 애사심도 높고, 개인보다는 회사의 이익을 더 많이 생각하며 열정과 의지가 넘치는 그런 사람들이 부서들에 투입되었다.

우연인지 실제로 인상이 메기를 닮으셨던 우리 팀의 '메기'는 야근도 흔쾌히 했고, 회사를 키우는 훌륭한 팔로워십을 보여주어 사원들을 자극하는 역할을 했다. 화학 작용에서 '정촉매'가 하는 역할처럼, 사원들을 자극하고 채찍질하여 확실히 좋은 성과들을 보이게 되었다. 중요한 것은, 나 자신의 삶에 있어서도 '메기'와 같은 역할을 하는 일종의 '자극점'을 만들면 우리 삶도 바뀔 수 있다는 것이다. 이제 관건은 그 '자극점'을 어떻게 만드느냐이다. 이것이 바로 우리가 살펴보고자 하는 '앵커링'이다.

한계를 뛰어 넘을 수 있는가?

하지만 그 점을 이야기하기 전에 한 가지 더 짚고 넘어갈 것이 있다. 과연 세상을 바꾸는 사람들이나, 스스로의 한계를 뛰어넘는 사람들은 우리와는 전혀 다른 사람들인가 하는 점이다. 우리가 아무리 노력한다고 해도, 제대로 된 성과를 만들어낼 수 없고 목표한 것들을 이룰 능력이 없다면 그 무슨 '자극점'을 만들어 낸들 무슨 소용이 있겠는가?

나 자신을 능력 있는 사람이라고 말할 수 있을까? 마음먹은 대로 내 삶을 창조할 잠재력이 나에게는 있는 것일까?

출생의 비밀은
없다

혹시 다큐멘터리를 보면서 벌들의 생활에 대해서 관찰해 본 적이 있는가? 여왕벌과 일벌이 따로 존재하면서 서로의 역할에 충실함을 볼 수 있다. 그런데 사람들이 간과하는 한 가지 사실이 있다.

일벌과 다른 여왕벌의 무게감

여왕벌은 여왕벌로 태어나고 일벌은 일벌로 태어난다고 생각하는 사람들이 많다. 그렇게 생각하는 것도 무리가 아 닌 것이, 그 사회 조직의 중심인 여왕벌은 3~5년에 이르는 일생 동안 약 200만 마리의 벌들을 낳는다. 실제로 벌통 안을 보면 여왕벌은 다른 벌들에 비해 확연히 그 크기도 다르고 위치해 있는 곳도 다르다는 것을 알게 된다.

산란력이 가장 뛰어날 때, 여왕벌은 하루 1,500~2,000개의 알을 낳는다. 이렇게나 다른 포지션과 능력을 가지고 있는 여왕벌이니 당연히 그 태생부터 다를 거라고 생각하는 것이 이치적이라고 할 수 있다. 그리고 여왕벌의 역할을 생각해 볼 때, 일벌들과는 다른 '출생의 비밀'을 가지고 있다고 해도 일벌들이 불만을 가질 요소가 비교적 적다고 할 수 있다

여왕벌은 일벌 출신이다!

일벌은 여왕벌에 비해 크기도 정말 작다. 수명도 28~45일로 짧은 편이다. 매우 오랫동안 장수하는 생명력을 가진 여왕벌과 일벌의 그 차이는 어디에서 오는 것일까? 사실 여왕벌의 출생에는 특정한 비밀이 없다. 일벌과 여왕벌은 똑같은 수정란에서 태어난다. 단지 여왕벌은 일벌들과는 달리 3일 동안 로열젤리를 먹고 자라게 된다. 그리고 그 3일간의 먹이에 의해 미래의 운명이 결정된다. 유전적인 차이에 의

해 여왕벌이 만들어지는 것이 아닌 것이다!

중요한 것은, 암컷인 일벌도 산란을 할 수는 있다는 것이다. 하지만 여왕벌이 내뿜는 난소 발육 억제 물질 때문에 새끼를 만들지 못한다. 여왕벌 한 마리가 전체 벌들의 생활을 관상하는 질서를 만들어 내는 것이다.

예외 없이 '모두' 일벌 출신이다

우리 주변을 살펴보면, 우리와는 확연히 다른 능력을 가지고 있는 것처럼 보이는 몇몇 사람들이 있다. 그들은 진정으로 우리와 다른 사람들일까? 나는 그렇지 않다고 생각한다. 그들도 우리와 비슷한 일반 사람들일 뿐이며, 단지 어떤 계기에 의해서 자신의 능력들을 온전히 발휘할 수 있는 기회들을 만났을 뿐이다.

물론 그 기회들 중에는, 좋은 학벌, 좋은 가정형편, 그리고 좋은 인맥과 같은 것들이 있을 수 있다. 하지만 그들 모두가 '일벌' 출신임을 기억할 때, 우리 역시 좋은 기회들 가운데서 좋은 결과를 만들어 낼 수 있다는 사실도 기억해야 한다. 기회가 왔을 때, 좋은 결과들을 만들기 위해서 우리는 준비되어 있어야 한다.

무엇을 먹느냐가 중요하다

그리고 한편으로, 자신이 현재 가지고 있는 것으로 좋은 기회를 만들 수도 있어야 한다. 우리라고 '여왕벌'이 되지 말라는 법이 없다. 일벌로 태어난 존재가 여왕벌이 되기 위해서 다른 벌들과는 다른 영양분을 섭취했던 것처럼, 우리 역시 좋은 '영양분'으로 우리의 마음과 머리를 채울 수 있어야 한다. 건전하고 발전적인 것들로 우리의 삶을 채워 나간다면, 우리 역시 다른 존재가 될 수 있다.

나 자신의 삶을 위한
15분 '자극점' 만들기

앞서 언급했던 '메기'가 투입되는 것은 어떠한 그룹 내에서 실행할 수 있는 하나의 프로젝트이다. 하지만 이것을 나 개인에게 적용할 수는 없는 것일까? '본인 의지'로, 스스로 '자극점'을 만들 수는 없는 것일까? 나는 그렇게 하는 가장 좋은 방법이 '하루 15분 뛰기'라고 생각한다.

'15분 뛰기'의 장점

하루 15분 뛰기의 많은 장점 중 하나는 일상에 자극과 목표, 성취감을 준다는 것이다. 이런 방법으로 본인의 삶을 채찍질하는 '메기'를 한 마리 만들자. 단지, '하루에 15분씩 뛰어라'라고 말하기만 하면 된다. 그리고 우리는 이를 지키면 된다.

어떤 일을 성취할 때에 [목표-전략-실행]의 3step을 사용한다고 한다. 이때 목표는 뜬구름에 불과하지만, 전략과 실행에는 지속적인 행동이 동반된다. 이것을 가시화하고 구체화하는 과정을 만들어 내는 것이다. '하루에 15분씩 뛴다'라는 목표가 주어지고 이를 지속적으로 구체화하는 과정에서 나의 하루에 큰 자극이 되어 성취에 도달하게 된다. 그리고 그 하루하루가 모여 나의 인생을 만들어 낸다.

성공에 대한 의미를
재정립하라

역사상 최고의 운동선수들은 자신의 성공에 대해서 '우승' 자체를 성공이라고 생각하지 않았다. 물론 그것이 그들의 삶의 중요한 것이기는 했지만, 오히려 그들의 성공의 척도는 다른 곳에 있었다. 자신의 삶에서 최선을 다하는 것, 그리고 과정의 중요성. 이 모든 것을 그들은 성공으로 여겼다.

성공에 대한 기존 관념을 뜯어내라

우리게 있어서 성공이란 과연 무엇을 말하는 것일까? 돈을 많이 벌어 부유한 사람이 되는 것일까? 그들은 그들이 누리는 경제적 자유도 성공으로 생각하지 않았다. 그것은 그들의 성공 뒤에 오는 부수적인 것이었다. 그들의 성공은 경기를 하는 '매 순간' 이어지는 것이었다.

달리기를 통해서 느끼게 된 것

인정하지 않을 수 없는 점은, 나 역시 내면을 부스팅 하기 위해서 달리기를 할 때 내가 좀 더 강해지고 있다고 느끼고, 나 스스로를 좀 더 괜찮은 사람으로 여기게 된다는 점이었다. 실제로 달리기 자체는 정신과 육체를 깨우는 매우 유익한 도구가 된다. 잠을 잘 잔 날에는 컨디션이 매우 좋아서 달리기 자체가 기쁘게 느껴진다. 반면에 잠을 잘 자지 못해서 달리기 자체가 어려운 때에도 나는 달린다. 왜냐하면 달리는 것 자체에서 의미를 찾으려는 나의 모습을 확인할 수 있기 때문이다.

인간의 한계를 뛰어넘는 달리기를 할 필요가 없다. 매일 그저 15분 뛰기를 하면 된다. 나는 그렇게 매일매일 달리는 것에 의미를 둔다. 나의 모습은 그렇게 달리면서 변화된다. 그 변화를 인지하지 못하더라도 변화하고 있다고 믿는다. 그것이 바로 '성장 마인드셋'이다!

자기 발목을 붙잡는 믿음에서
벗어나라

성장 마인드셋과 성취를 방해하는 심리적 요인들도 분명 존재한다. 이러한 부정적 심리를 미국의 강연가 '브라이언 트레이시'는 '스스로 자기 발목을 거는 믿음, self-limiting belief'이라고 한다. 이는 우리가 지닌 여러 가지 믿음 중에서 어떤 방식으로든 자신의 능력을 제대로 발휘하지 못하도록 스스로를 제약하는 것을 말한다. 그것은 새로운 것을 시도하지 못하도록 우리를 뒤로 잡아당긴다.

또 진실이 아닌 것을 진실이라고 믿게 만든다. 어떤 사람은 학교 성적이 보통이거나 낮다는 이유로 자신은 머리가 좋지 않다고 생각한다. 어떤 사람은 창의력이나 학습능력, 기억능력이 떨어진다고 생각한다. 어떤 사람은 몸무게를 줄

이거나 금연에 성공하는 것이 불가능하며, 자신은 이성에게 매력적으로 보이지 않는다고 믿기도 한다.

모든 사람은 자신이 마음속으로 믿는 존재가 된다

인정하지 않을 수 없는 점은, 자신의 신념이 무엇이든지 간에 강하게 믿으면 그것이 현실로 나타난다는 것이다. 우리는 자신의 내적인 신념에 일치하도록 말하고 행동하며 다른 사람과 상호 교류한다. 비록 그 믿음이 객관적인 사실과 전혀 다르더라도 믿는 사람에게는 그것이 진실이 된다.

나 자신의 한계는 어디인가?

본인이 생각한 자신의 한계는 어디인가? 앞서 언급했던 하루 15분 뛰기를 시작하게 되면 우선 몸이 항복을 선언할 것이다. 15분이 짧은 시간이라고 생각할 수 있지만 이것은 생각보다 쉽지 않다. 한계점에 도달했다고 생각했을 때, 이러한 생각을 스스로 자기 발목을 붙잡는 믿음이라 생각해 보자. 우리는 충분히 극복할 수 있다! 5분 혹은 10분만 더 뛰면 되는 것이다. 한 번 극복하는 것이 어렵지, 일단 극복을 할 수 있게 되면 그 순간부터 자신감이 붙게 된다. 우리는 이러한 일상의 작은 성공을 통해서 '큰 성공'을 만들어 갈 수 있다. 하지만 실패를 스스로 인정해 버리면, 성공은 계속해서 멀어지게 된다.

　'하루 15분 뛰기'는 아주 쉬운 일은 아닐지 모르지만, 나 자신에게 거는 마법과 같은 것이 될 것이다. 한계에 다다를 때 단지 5분, 10분의 인내를 통해 능히 그것을 극복해 가는 자기 자신을 보게 될 것이다. 그렇게 나는 그 순간부터 '위대한 사람'이 된다. 당신도 할 수 있다. 바로 '오늘'부터 말이다.

성공은
'습관'이다

당신은 성공을 무엇이라고 생각하는가? 성공은 습관이다. 돈은 돈을 부르고 성공은 성공을 부른다. 작은 성공을 해 본 사람이 큰 성공을 할 수 있는 배포도 생기고 그러한 운도 따라오게 되는 것이다.

작은 성공이 만들어 내는 자존감

작은 성공은 자존감과 연결된다. 이 자존감은 자본주의와 매우 유사하다. '빈익빈 부익부'처럼 있는 사람은 계속 커지고, 없는 사람은 한없이 작아지게 된다.

한때 편입 시험을 준비했던 적이 있었다. 시험을 위해 학원에 등록했었는데, 정말 다양한 학벌을 가진 사람들이 모여들었다. 좋은 학벌을 가진 학생들은 이미 대입이라는 큰 성공을 거둬봤던 사람들이었다. 그렇기에 자신감을 바탕으로 시험에 임했고 본인의 역량 그 이상으로 성공을 거둔 경우가 많았다.

과외로 아이들을 가르치면서도 학생의 자존감이 얼마나 중요한지 많이 느꼈었다. 머리가 좋고 그냥 똑똑하지만 매사에 자신이 없던 학생과, 머리는 평범해도 항상 잘할 수 있다는 자신감을 가진 학생은 언제나 성취에 차이를 보였다. 할 수 있다는 믿음은 성취들로부터 왔고, 그런 성취들은 다시금 더 잘할 수 있다는 믿음을 주는 선순환을 보였다. 신기하게도, 대부분 그런 자존감이 높은 아이들의 방에는 온갖 상장과 트로피들로 전시되어 있었다. 그런 아이들은 "나는 성공하는 사람이고, 앞으로도 그래."라면서 스스로를 다독인다. 반면, 자존감이 낮은 아이들은 상장이나 트로피가 전혀 없었다. "내가 시험을 잘 본 것은 순전히 운 때문이지." "이번엔 어떻게 잘 봤지만, 다음에도 잘 할 수 있을까?" 하며 자신의 가능성을 의심한다. 성공의 믿음이 없는 학생들은 성공하는 사람과는 마인드셋이 이렇게 달랐다.

성공 = '습관'

결국 성공하기 위한 '습관'은 어떻게 마인드셋을 설정하느냐에 따라 출발점부터 달라지기 마련이다. 달리기를 좋아하게 된 나는 달리기 자체에 큰 의미를 둔다. 달리는 것도 기쁘고, 다음 날에 다시 달리기를 하게 될 시간을 기다린다. 나에게 중요한 것은 나의 삶을 깨우는 달리기에 대한 나의 태도이다. 나의 태도가 나의 관점을 만들고, 그 관점은 나를 변화시킨다. 나의 경험은 나를 긍정적으로 깨우고 변화시키는 것을 즐거워한다.

'성공하는 습관'으로써의 '달리기'는 긍정적인 부분이 많이 있지만, 한 가지 어려운 점이 있다. '달리기'를 '습관'으로 만들기에 성공했지만, 그것을 수행하는 일이 '매번' 기쁘지는 않다는 것이다. 기쁘지 않을 때에도 나는 깨어 있어야 하고 또 달려야 한다. 사실 그런 생각 자체가 스스로를 힘들게 만들기도 한다. 달리기 자체가 '기뻐서 달릴 때가 있었는데'라고 생각하는 순간이 오기도 한다. 전혀 의외의 순간이지만 그것이 정말 어려운 순간이 되기도 한다.

작은 성공을 위해 마음을 다잡자

마음을 다시 잡는 일은 쉬운 일은 아니다. 나는 모든 사람이 실패할 수 있다는 점을 상기한다. 거기에 더해, 내가 알고 있는 또 한 가지 매우 중요한 사실은 모든 사람은 실패할 수 있지만, 그 실패 속에서 '모든 사람'이 주저앉지는 않는다는 점이다. 나는 일어설 수 있고 집중할 수 있다. 달리기를 시작하면서 나는 마음을 다시 다잡는다. 그렇게 달리기는 나를 일어서게 한다.

달리기는 나에게 있어 더 이상 단순한 '달리기'가 아니다. 스스로를 추스르는 집중의 시간이고, 작은 성공을 만드는 시간이며, 나의 삶에 주문을 거는 시간이다. 모든 몸의 감각을 걷어내고 오직 한 가지에 집중한다는 점에 있어서 이것은 '명상'이며, 인생의 더 큰 성취를 만들어내는 열쇠이다.

실패와 패배에 대한
관점도 바꾸자!

한동안 열심히 달리기를 하다가 부상을 당하기도 하고, 때로는 너무나도 바쁜 일정 때문에 달리기를 미루어야 할 때도 있었다. 그럴 때마다, 나도 모르게 스스로를 패배자로 여기는 생각에 사로잡히기도 했다. 그러나 그것은 실제로 자신이 패배자나 실패자가 되는 것이 아니다. 실패와 패배에 대한 관점을 바꿀 필요가 있다. 성공의 습관은 마음으로부터 비롯된다. 내가 어떤 마음을 갖느냐에 따라 결과가 달라질 수밖에 없다. '달리기'에 대한 나의 마음이 나의 모든 달리기에 대한 평가를 달라지게 만든다.

마이클 조던, 실패를 통해 배우다

농구 황제로 칭송 받는 '마이클 조던'은 실패를 통해 배운 사람 중 하나였다. 조던은 노스캐롤라이나 주 윌밍턴에 소재한 고등학교에 다녔는데, 2학년 시절에 학교 농구팀에 선발되지 못했다. 당시 조던은 키가 180센티미터에 불과했다. 그리고 학교 대표 선수로 뽑히기에 실력도 부족했다. 결국, 조던의 친구(조던보다 훨씬 크고 실력도 뛰어났다.)가 학교 대표 선수로 선발되었다.

조던은 당시 이 실패가 너무나 창피해서 집으로 돌아가 자기 방에서 울었다고 한다. 그래서 다시는 이런 실패를 반복하지 않기 위해 열심히 훈련했다. 조던은 미래를 준비하기 위해 실패를 동력으로 삼았다. 이 시절의 훈련 때문에 향후 조던은 스포츠계를 통틀어 가장 널리 알려진, 아주 열성적인 훈련 태도를 익히게 된다.

당신에게 실패란 무엇인가?

당신은 실패를 무엇이라고 생각하는가? 단지 일을 그르

친 것을 실패라고 생각하는가? 마이클 조던의 경험은 우리에게 시사하는 바가 매우 크다. '실패자'는 '머물러 있는 사람'을 말한다. 고정된 것을 '안정된 것'이라고 생각하는 경우가 많다. 이러한 관점은 매우 위험하다. 누군가 현재 재정적으로 부유할지라도, 더 이상 발전하지 않고 그대로 머물러 있다면 그 사람은 인생에 있어 성공한 것이라고 볼 수 없다. 삶의 의미를 생각하고, 그 삶을 더욱 가치 있는 것으로 만들기 위해 현재도 열심히 노력하고 있다면 우리는 이미 성공 안에 있다고 할 수 있다.

· Ⅱ ·

앵커링 이데아,
결단력

························· ✿ ·························

모든 것이 갖추어져 있다 하더라도
결단하고 결심하지 않으면 아무런 의미가 없다.
무엇을 결단할 것인가?
결단력은 어떻게 생기는가?

························· ✿ ·························

성공하기 위해
결단하라

성공하기 위해서는 여러 가지 요소들이 있다고 할 수 있다. 성공을 꼭 물질적 부유함으로 한정시킬 필요가 없다. 자신의 내면에 성취를 위해서 꾸준히 노력하고, 그 성취를 만들어가는 사람을 생각하면 된다. 그런데 이 시점, 우리에게 중요한 것이 하나 있다. 바로 결단력이다.

운명을 결정짓는 것은 결단이다

성공은 작은 결단들이 모인 결과이다. 우리의 운명을 결정짓는 것은 주어진 환경이 아니라 자신의 결단이다. 우리가 매일 어떻게 생각하는지, 또 어떤 방식으로 감정을 느끼는지에 대한 기술을 배우고 싶어도, 그 기술을 어떻게 활용할 것인지에 대한 '결단'이 없다면 책들을 둘러보는 것에 지나지 않다. 아무리 세미나를 돌아다니며 이것저것을 배운다고 해도 소용이 없다. 진정한 '결단'만이 인생을 바꾸는 힘이다. 결단을 내릴 때에만 모든 것이 가치 있다.

무엇부터 결단해야 할까? 우선, 쉬운 결단에서부터 시작하자. 결단할 수 있다는 것만 보여줘도 큰 성과이다. 그것이 자신의 인생 전체를 바꾸겠다는 의지를 북돋는 근육을 키우는 것이다.

인생에서 도망치지 마라

하루 15분 뛰기를 매일 하면서 위기도 많았다. 솔직히 하루 정도는 뛰지 않아도 되지 않을까? 지금 나가지 말고 1시간만 더 잘까? 하는 생각도 정말 많았다. 그러나 이 약속을 지키지 않는 것은, 단지 한 번의 눈속임이 아니라 나의 인생을 송두리째 속이는 것이라 생각했다. 그 순간 참고 밖으로 나가는 결단을 했던 것은, 인생에서 도망치고 싶은 많은 순간 동안 그 자리에 버티고 서 있게 해 주었다.

내가 다녔던 회사에서, 결단이 빛났던 순간이 있었다. 원래 보통 인재를 채용할 때에는, 해외 주재원이 현지 외국인 인력을 채용하는 것이 당연했다. 이에 대해 글로벌 채용을 국내에서 하는 것이 어떻겠느냐고 제안했던 적이 있다. 회사의 원칙을 벗어난 일을 벌이는 것은 생각보다 매우 어려운 일이다. 당연히 처음에는 상사님의 반대가 있었지만, 결국 설득해서 받아들여지게 되었다.

국내에서 채용하는 일을 하기 위해, KOTRA의 해외 지사 관리 담당자에게 정보를 얻기도 하고, 사무실에서 협업하기도 하면서 성공적으로 진행하게 되었다. 글로벌 마인드, 인사 업무에 대한 다년간의 노하우, 어학 능력, 자료 조사 능력, 타 부서와의 협업 및 커뮤니케이션에 능해야 하기 때문에 결코 쉽지는 않았지만, 나는 하루에 15분씩 달리기를 하며 절대 물러서지 않는 결단력을 내재하고 있었다. 느티나무처럼 버티고 서서 끝까지 진행했고, 무소의 뿔처럼 힘차게 전진했다.

그리고 회사에서는 이례적으로 6개월 뒤에 상무님이 다시 지시를 내렸다. '다른 지사들도 국내에서 채용해라.' 이전에 결코 일어나지 않았던 일들이 내 주변에서 일어나고 있었다. 나의 결단과 결심으로 인해서 나의 주변 세상은 변하고 있었고 나는 사람들로부터 인정받고 있었다. 그렇다! 하루에 15분씩 뛰면서 얻었던 것은, 끈질긴 결단이었다.

결단력의
긍정적 효과

결단력이 빛을 발하면 언젠가는 긍정적인 효과를 낳게
되어 있다. 그리고 그 효과는 계속 불어난다. 나의 첫 직장
은 말만 하면 누구나 알 수 있는 대기업 중 하나였다. 처음
에 사무직으로 일하게 될 것을 생각하고 있었는데, 그때 당
시 갑자기 신입사원들은 1년간 마트 등 현장에서 일을 배우
며 실습을 해야 한다고 정책이 바뀌게 되었다. 그러한 결정
에 나는 타지에서 다양한 직책의 낯선 사람들과 처음 일하
는 것들에 조금 두렵기도 했고 걱정이 많이 앞섰다.

처음 만나는 일에 대한 두려움

신입사원들은 보통 마트의 매니저 역할이자 부점장 바로 밑의 직위였던 주임의 자리에 배치 받게 되는데, 상황들을 즉각 보고도 해야 하고 매출이 안 나오거나 사고가 나는 것도 모두 책임져야 한다. 이러한 것들을 사회 초년생인 내가 감당하기에는 부담스러운 점이 많았고, 걱정의 나날을 보내게 되었다.

80~90%의 비정규직으로 구성된 30~40명의 직원을 모두 책임져야 했던 주임 자리는 쉽지 않았다. 연령대와 계층이 폭넓어서 마치 용광로 같은 곳이었다. 지금까지 비슷한 환경과 나이대의 사람들과 지내다가 다양한 사람들과 일하게 되니, 소통이 잘되지 않았다. 내 방식대로 일을 하니 그들과 공감이 되지 않았던 것이다. 또한 사회 초년생이 주임이라고 왔는데, 풋내기를 주임님이라고도 부르지 않는 사람들과 소통은커녕 업무가 원활히 이루어지지 않는 것에 많이 스트레스를 받았었다. 그러다가 약 2개월 정도가 되자, 점장님이 신입사원이었던 내가 새로운 의견이 많을 것이라 생각했던지, 매출을 높이는 전략을 짜 보라고 하셨다.

마트에서 현장 일을 맡게 된 신입사원들은 거의 1년을 존재감 없이 보내곤 한다. 신입 사원들은 각자 일을 알아서 하고, 보통 무엇인가 딱히 조직에 변화를 주는 일 없이 1년 뒤에 본사로 간다고 생각하는 사람들이 많았다. 나는 무엇인가를 하고 싶었다. 시간을 그냥 때우기는 싫었고, 좋은 방향으로 밀어붙이고 싶었다. 그래서 매출을 높이는 전략을 짜서 실행해 보기로 했다.

용기를 내다

배정받은 홍보팀 내에서 어떻게 해야 매출을 높일 수 있을지에 대해서 고민했다. 그러다가 생각난 것은, 직원들의 마음을 움직여 가족 같은 분위기의 회사를 만드는 것이었다. 마트에는 너무 다양한 사람들이 있어서 서로 융화가 전혀 안 되었다. 각각 자기 의견만 내기 바쁘고 서로를 경계하며 배타적이었다. 그래서 부서 간 커뮤니케이션이 안 되고, 협업 또한 하지 않았다.

이러한 상황을 타개하기 위해 점장님께 캠페인을 하자는 제안을 했다. 서로 이야기도 많이 하고, 공동체 의식을 가질 수 있게 말이다. 캠페인을 성공하고자 '명가재건(名家再建)'이라는 목표 슬로건도 정했다. 과거의 영광을 다시 건설한다는 뜻이다. 한때는 매출 3위를 기록하던 지점이었기에, 본사에서 신경 쓰지 않는 21위의 지위로부터 다시 일으켜 세우자는 것이었다. 본부장 승진을 앞두고 있던 지점장은 여기서 무엇인가를 해서 매장이 잘 되어야 승진할 수 있기 때문에, 또 신입사원의 이러한 패기에 감화되어 '명가재건' 캠페인을 실시하기로 했다.

우선 마트에서 주최하는 행사 등이 있으면 사내신문 지면에다가 '명가재건 ○○지점 ○○활동'을 일주일에 한 번씩 주기적으로 올렸다. 또한 우리 지점에 있던 훈훈한 일, 고객 응대가 잘된 일, 매출이 오른 것, 협업이 잘되었던 일들이나 자랑할 만한 일들을 지속적으로 올렸다.

과감한 제안이 열매를 맺다

정확히 2개월 뒤에 본사 홍보팀에서 연락이 왔다. "매장 분위기가 되게 좋네요. 비법이 뭐예요?" 단기간의 붐업에 놀란 본사 측에서 직접 취재를 오기도 했다. 사내 직원들끼리 협업도 잘 되고, 분위기도 좋고, 업무 효율도 높아지고 하는 것들을 궁금해 했다. 또 사내 직원들끼리도 긍정적인 변화가 일어났다. 캠페인을 하고, 좋은 분위기를 연출하니 사람들이 실제로 변하였다. 타 지점에서 벤치마킹 하려고 연락도 오고, 서로 이제는 가족처럼 일하며 긍정적인 순환이 많이 일어났다. 지점장님이 업무 회의에 나가면, 우리 지점이 잘되는 것에 대해 임원들에게도 칭찬을 많이 받는다고 했다. 그렇게 좋은 영향을 주고받다가 우리 지점의 매출이 9위까지 오르게 되었다. 지점장님은 이 캠페인 결과 승진의 긍정적인 모멘텀을 만들어 본부장이 되었다.

부서 내에서도 변화가 많았다. 내가 어린 나이에 주임으로 왔기 때문에, 직급은 나보다 낮았지만 나이가 많은 남자 직원이 업무 보고도 제대로 안하며 무시했던 적이 많았는데, 점장이 신임을 실어 주고 지점 내에 많은 변화를 일으키니 '이 사람 밑에 있으면 뭔가 되나 보다' 하며 점차 주임님이라고 부르며 따르게 되었다.

긍정적인 영향이 꼬리를 물었다. 지점을 위해 많은 것을 시도했던 나는 지점장님의 추천을 받아 본사 인사팀으로 가게 되었다. 나를 결국 따르게 된 그 직원은 내가 본사로 발령나자 주임으로 승진하였고, 그 지점은 캠페인이 하나의 문화가 되어 모두가 잘되는 매장으로 탈바꿈하였다.

결단력을 기르게 했던 훈련

만약 내가 타성에 젖어서 행동했다면 어땠을까? 일어나기 싫은 날, 몸이 움직여지지 않을 때 내면의 핑계를 그대로 받아들이고 자기 정당화를 하면서 '15분 달리기'를 하지 않았다면 어땠을까? 아마 나의 일상도 그와 다르지 않았을 것이다. 결단력 있게 행동해야 할 때, 나는 그렇게 행동하지 못했을 것이다. 사실, 나는 태생부터 운동을 즐기는 사람은 아니었다. 매일 아침 하기 싫은 달리기여도 달리겠다는 결단과 결정을 하는 동안 '결단력'이 생길 수밖에 없었다. '15분 달리기'는 일종의 자기 암시였다. 스스로를 만들어가는 습관이었고, 성취와 성공을 만들어 내는 전초전이었다. 그리고 결국 나의 일상의 습관들은 일과 관련해서 만족스러운 결과들을 창조했고, 나는 결단력 있는 사람이 되어 있었다.

자, 오늘도 쉬지 말고, 열심히 뛰어 보자.

수많은 고뇌,
그리고 결단

경력 관리를 위해 나는 모 인재등록 사이트에 프로필을 등록했다. 내가 몇 년 일했고, 회사에서 무슨 일을 했는지에 대해 자세하게 쓴 후, 매년 경력을 업데이트 해 두었다. 이후, 내 앞에는 어떤 일들이 기다리고 있었는가?

또 다른 특별한 기회가 오다

어느날 그 사이트에서 e-메일 한 통을 받았다. D회사 인사팀에서 근무하는 어떤 한 여자 분이셨다. 그분은 5년 이상 인사 업무를 담당한 여성들을 찾는다고 했다. 인사팀 직원들끼리 '리더를 키우는 여성 리더들의 모임'을 함께 만들자며 제안했다.

그분이 생각하는 모임의 목표는 새로운 여성 모델을 제시하여 회사나 여러 조직에서 여성의 생존력을 길러 내는 것이었다. 또한, 대학생들에게 멘토링을 해 주고, 각종 취업 지원을 제공하는 것으로 계획을 세웠다고 했다. 킥오프 미팅을 2주 뒤에 할 예정이니 관심이 있으면 연락을 달라는 그분의 제안에 나는 솔깃해졌다.

당시 나는 회사에서 반복된 업무에 치여 매너리즘에 빠지고 있었다. 또한 오랜 근무로 나 자신이 소모되는 느낌에 지쳐가고 있었다. 나를 정리할 시간이 필요했다. 결국 1년간 휴직 시간을 가졌다.

나에게 중요했던 것은 무엇이었을까? - 고뇌

내가 중요하게 생각했던 것은 무엇이었을까? 나의 능력을 보여주는 일? 내가 누구보다도 업무의 생산성을 높이고 있다는 부분? 다른 사람의 관점을 잘 이해하고 있는 능력? 기획하고 성과를 내는 경험? 지속적인 결과물을 만들어 내는 성실함?

낯선 새로움에 접하다 - 결단

여러 고민과 생각을 한 끝에, D회사 직원이 보냈던 e-메일의 제안을 받아들여 여성 직장인 모임에 나가기 시작했다. 내가 무엇을 원하고 앞으로 어떤 삶을 살아야 할지 직접 부딪쳐 보는 첫걸음이 커리어 우먼들과의 모임이었다. K회사 인사팀에 있었던 친구와 함께 나가 보니 15명 정도 인원이 모임에 참석했다. 우리 모임은 만남이 거듭될수록 각자 다니고 있는 직장에 대한 방향성에 대해 서로 멘토가 되어 주기도 하면서 나날이 발전했다. 모임을 함께한 사람들은 서로 발전적인 비즈니스 인맥이 되어 주었다. 그리고 모임원들의 회사에서 맡은 직무에 대해서 주말마다 모여 스터디도 하였다.

그러던 중에, 모임의 주축이었던 4명이 모여서 새로운 회의를 시작했다. 4명 중 3명이 인사팀 직원이었기 때문에 인사 직무에 많은 관심이 있었고, 서로에게 실질적인 도움이 되었다. 우리 모두 멘토링에 대해서 관심이 있었고, 작게는 대학생들을 코칭하는 소모임 활동에서 더 나아가 비즈니스 모델로 멘토링 사업을 구성하면 어떨지에 대한 의견을 나누었다.

어떻게 멘토링을 진행할 것인지 논의한 우리는 강사들을 초청해서 상의를 열고, 한 달 뒤에는 직접 여대생들을 불러서 멘토링을 해 주자는 결론을 내렸다. 그렇게 우리는 열정을 가지고 구체적인 계획을 세웠다. 그리고 토의했던 내용들을 이행하여 한 달간 여학생들의 취직, 진로설계, 면접 방법, 자소서 쓰는 방법, 직무에 대한 정보 취득 등을 목적으로 커리큘럼을 자체적으로 만들어서 진행하였다.

그런데 사공이 많으면 배가 산으로 간다는 상황이 발생했다. 그 3명 중 1명이 모임을 단순한 멘토링에서 대규모 사업으로 바꾸고 싶다고 했다. 취업포탈 사람인, 인크루트 등에서 진행하는 멘토링 서비스처럼, 비즈니스 모델로 바꾸어 돈을 벌자는 것이었다. 나는 멘토링으로 대학생들에게 도움을 주는 사회적 기업 모델을 표방하는 본래의 모임 취지를 잃을 것 같다는 생각에 반대하였다.

'리더를 키우는 여성 리더들의 모임'을 만들 당시에 늘 떠오르는 풍경들이 있었다. 잠깐 몸담았던 저소득층을 대상으로 한 봉사활동 중에 많은 학생들이 지식의 비대칭으로 기회를 놓치는 모습을 보며 사회적 불평등을 해소해 줄 수 있는 모임을 만들고 싶다고 생각했다. 그리고 이러한 생각들이 애초 이 모임에 참여했던 이유였다. 중요한 것은 정보를 접할 기회가 없는 이들에게 '출발선'이 동등한 기회가 제공되고, 나아가 사회에 여러 가지 선순환이 일어나길 원했다. 그런데 비즈니스 모델로 만들어서 유료 서비스로 전환하면 그런 선한 취지가 무색하게 될 것이 뻔했다.

크고 작은 갈등 끝에 결국 내가 모임을 나오게 되었다. 하지만 한번 내 안에 사회적 기업을 만들어 보겠다는 불이 붙으니 이러한 긍정적인 모임을 또 하고 싶다는 생각이 들었다. 내가 생각한 것을 구체화한 방향이 없을까 하며 고민했고, 그 순간 결단력이 필요했다.

결단력은 결국
훌륭한 일을 부른다

그렇게 생각을 하던 중, 당시 청년 사업가 파티나 포럼들이 곳곳에 있었기에 손쉽게 20대 청년 창업가들을 만날 수 있었다. 서울대에서는 '브이 포럼' 등이 있었고, 당시 대학가를 중심으로 '청년 창업 사관학교'나 '신촌 청년창업 포럼' 등 다양한 모임이 있었다.

모임을 통해 새로운 인연을 만나다

그때 소규모 창업가 모임에 나가서 어떤 대학생을 만나게 되었다. 그는 취업을 앞두고 있는 학생이었는데, 어떤 계기인지 그 학생에게 나의 목표와 비전을 말하게 되었다. 그런데 신기하게도, 그 친구는 마치 타고난 전략가같이 이야기를 잘 듣고 솔루션을 바로바로 제시하였다. 전자공학과였던 그 친구는 자기는 옛날부터 어떤 일을 추진할 때 목표를 잘 세우지 못하지만 계획은 정말 잘 세웠다고 한다. 도널드 크리프턴의 『위대한 나의 발견 강점혁명』이라는 책에 따르면 이러한 유형은 '전략가'에 속한다.

그래서 나의 목표와 비전에 그 친구의 전략과 계획을 더해 새로운 모임을 시작하게 되었다. 시기상 마침 청년들에게 사무실이나 돈, 혹은 교육을 제공해서 무료로 창업을 도와주는 정부 정책이 많았던 터라 여러 가지 지원 제도들이 있었다. 나는 강남구 청년창업 지원센터에 이러한 기획을 가지고 지원하여 5:1의 경쟁력을 뚫고 합격해서 12평 남짓하는 사무실을 받게 되었다.

그렇게 나의 이중생활이 시작되었다. 한편으로 나의 생계를 위해 일하고 있으면서도 다른 한편으로는 사회적 기업을 꿈꾸는 도전정신 가득한 청년 디렉터로 일하고 있었던 것이다. 그렇게 나는 또 다른 모임을 기획하고 있었다. 처음에는 온라인 카페를 만들어 2명에서 시작하여 나중에는 800명이 되었다. 나는 추후에 홈페이지를 만들어 전문성을 갖추고 사회적 기업을 만들자는 목표를 세웠고, 파트너였던 친구는 추진일정과 경영 전략을 하루 만에 완성하며 기획력과 열의를 뽐냈다.

내면의 열정이 불타오르다

이 모임을 하기 위해서는 스태프들이 필요했다. 먼저 멘토링을 진행할 4~5명의 대학생 스태프를 뽑았다. 프로그램을 완전 무료로 진행하고 싶었지만 행사장 대관료 때문에 참가자들에게 소액의 비용을 받았다. 기꺼이 돈을 내준 학생들과 멘토들이 고마워서 출판사에서 지원 받은 책들을 페이백 형식으로 나눠 주기도 했다. 그렇게 시작된 1회 차 행사에 약 15명 정도가 참석했다.

행사 취지는 이랬다. '우리는 무료로 대학생들에게 진로를 코칭해 주고, 취업 정보의 불균형을 해소시켜 주는 모임이다.' '상대적으로 인맥이 없지만 모임의 네트워크를 활용해 원하는 진로로 나아갈 수 있는 모임이다. 특별히 학연이나 지연이 없는 학생들이 와서 이 분야의 인맥을 쌓는 것이다.'

IT, 유통, 제조, 건설 등 다양한 업종에서 일하고 있고 홍보, 인사, 생산관리, 경영지원 등 여러 직무를 맡고 있는 멘토들을 초빙하여, 취업에 관심 있는 학생들이 와서 멘토들의 조언을 듣게 만들었다. 일반 회사부터 전문직까지 다양한 멘토들이 무료 멘토링에 흔쾌히 지원하였고, 유명한 멘토 분들도 함께하여 놀라운 성장을 보였다.

의미 있는 모임이 만들어지다

멘토들은 사회적으로 좋은 모임을 위해 기여하는 것이 의미 있다고 말했다. 아무런 보수도 지원도 없었지만, 좋은 일을 하는 것 자체가 의미 있다며 다들 재밌게 보내다 갔다. 그렇게 이 모임은 4회 정도를 진행하였다. 멘티들은 다양한 네트워킹을 하면서 자기 진로에 대해 자유롭게 질문하였다. 그 안에서 강연을 들으며 정보도 얻고, 실제로 취직에 도움을 받기도 했다. 적극적인 멘토링으로 한 학생을 인사담당자와 매칭하여 취업에 유용한 정보를 주기도 했고, 증권맨을 소개하여 증권가 취직을 도운 적도 있다.

나 자신이 누구인지 확인하다

취업 활동에 도움을 받은 사람이 입사를 하게 되면 정말 기뻤다. 그리고 시간이 지나가도 그 순간을 떠올리면 여전이 그 성취가 마음속에 강하게 느껴진다. 돌이켜 보면 나는 멘토링 모임에서 내가 누구인지를 확인하는 시간을 가졌던 것 같다. 다른 사람을 돕는 일에서 나는 행복함을 느끼는 사람이구나. 그렇다면 다른 사람들은 어떤지 궁금해졌다.

행복에 대해서 관심을 가지게 되면서 많은 것들을 알게 되었다. 특히 앨런 피즈·바바라 피즈 공저의 『결국 해내는 사람들의 원칙』에서 읽었던 '망상활성계(뇌간 내의 신경핵과 섬유 전도로들이 복잡한 그물망을 형성하고 있는 것)'가 나의 뇌에서 어떤 원리로 가동하여 정보를 찾는지 이해하게 되었다. 이 책은 '망상활성계'를 설명하는 것으로 시작해서, '망상활성계'의 성과로 끝이 난다. 이게 무엇을 의미하는지는 잠시 후에 더 자세히 얘기해 보겠다.

원하는 바를 명료하게 새겨라

뇌는 지능과 인격 형성뿐만 아니라 인생의 성공과 실패에도 깊이 관여한다. 예를 들어 보면 내가 차를 바꾸고 싶은 생각이 들었다. 그래서 영업소에 갔더니 신차가 눈에 들어왔다. 계약을 한 것은 아니었지만, 신차가 마음에 들었다. 영업소를 나와서 거리를 다니는데 도로에 그 신차들이 계속 보인다. 무슨 일이 발생한 것일까? 내가 영업소에 들린 후에 자동차 회사에서는 나와 계약을 하게 만들기 위해서 신차를 도로에 뿌린 걸까? 그렇지 않다. 내가 원하는 것을 얻고자 하는 마음이 들었을 때에 뇌의 '망상활성계'가 활동하기 시작한다. 내가 원하는 정보만 수집하도록 뇌가 작동하는 것이다.

결과적으로 다른 사람의 취업을 돕는 일을 하면서 나는 성취와 만족감을 얻었다. 다른 사람들에게 도움이 될 수 있다는 생각이 나를 더 몰입하게 만들고, 즐겁게 해 주었다. 우리는 소중한 몰입의 시간을 보장하고, 더 나아가 그 시간을 연장해 주는 조치를 취함으로 최상의 결과를 만들 수 있다.

새롭게 시작한 모임의 가치

멘티들만 꿈을 찾은 것이 아니었다. 모임 활동을 통해서 삶의 의미를 탐색하는 나의 지향점은 우리 모임에서 하나의 '문화'가 되었다. 모임 초기에 모임을 같이 만든 '전략가'였던 그 친구는 전자공학과에서 진로를 바꿔 MBA 과정을 밟게 되었다. 핵을 공부하던 스태프였던 학생은 방위산업체에 취업했고, 나도 여러 가지 고민 끝에 꿈을 찾게 되어 편입 공부를 시작하게 되었다. 결과적으로 나도 꿈을 찾은 셈이다.

영혼 빼고 모든 것이 변했다

수 년 전의 나의 모습과 현재 나의 모습을 비교해 보면, 내면의 본질적 영혼 빼고는 거의 모든 것이 변했다. '15분 달리기'로 시작되었던 '앵커링'의 시초였다. 그 기본에서부터 비롯된 훈련이 나 자신을 송두리째 바꿔 놓았다. 스스로를 진지하게 검토하였고, 새로운 기회의 문을 기꺼이 받아들였고, 내 삶을 계속 개척해 나갔다. 그리고 결국 지금의 내 모습이 되었다.

물론 계속해서 나 자신을 만들어 가는 가운데, 뜻하지 않은 일들을 겪기도 하고, 수많은 변곡점들을 만나기도 한다. 하지만 나는 그것이 스스로를 단단하고 강하게 만들고 있음을 알고 있다. 제철소에서 쇳물을 정련하듯 계속해서 불순물을 걸러 내면서 나의 순수성과 본질에 가까워지고 있다.

· Ⅲ ·

앵커링이 만드는
의식 에너지

．．．．．．．．．．．．━❖━．．．．．．．．．．．．

삶이 변화하기 위해서는 정신이 바뀌어야 한다.
정신 그 자체가 삶을 위한 에너지이다.
'앵커링'은 정신을 어떻게 변화하게 하는가?
나의 삶은 어떻게 바뀔 수 있을까?

．．．．．．．．．．．．━❖━．．．．．．．．．．．．

앵커링이 만드는
긍정적인 정신

하루 15분 달리기는 긍정적인 정신 자세를 가능하게 한다. 긍정적인 정신 자세를 익히는 것은 쉽사리 만들어지지 않는다. 지속적인 실천 과정이 필요하다. 이전에 말했던 지속적인 행동이 동반되어야 한다. 항상 몸에 배어 있어 실천으로 이어지는 습관이 되어야만 한다. 사실 어떤 사람들은 명상을 통해서 이 부분과 관련된 만족스러운 결과를 이루고 있다고 말하는 사람도 있다. 하지만 문제는 일반인들에게 있어 명상 자체가 쉽지 않다는 것이다. 분명 이 부분과 관련해 15분 달리기가 가진 고유의 장점이 있다고 나는 믿는다.

15분 달리기와 긍정적인 정신자세

이전 편입 시험을 준비하면서 느낀 것은 '정말 힘들다'였다. 매일매일 똑같은 일상, 불투명한 성공 여부⋯ 이를 극복하기 위해 시작했던 것이 하루 15분 달리기였다. 단순히 뭔가를 극복하기 위해서 시작한 것이었는데, 이것은 나에게 긍정적인 정신자세로 무장하게 해주었다. 주로 아침에 뛰었는데, 이렇게 함으로 '오늘은 무엇을 해야지' 하는 자극을 받곤 했다.

시험 막바지에 자칫 지칠 수 있는 시간, 나는 매일 새로 태어나는 것 같았다. '언제 끝나지?' 하는 것보다 묵묵히 매일 실천하며 정신을 무장하게 되었다. 성공을 위한 팁(tip) 한 가지는 결승선보다 더 많이 뛰어 간다는 느낌으로 목표를 이루어 갈 때 성공의 확률이 높아진다는 것이다. 이렇게 하다 보면 의심과 절망으로부터 우리 의식이 보호된다. 낙관적인 정신이 자연스럽게 싹틀 수밖에 없다.

삶에 역경이 닥쳤을 때 긍정적인 정신자세는 좌절하지 않도록 우리 스스로를 보호하고 열악한 상황에 무릎 꿇지 않도록 우리 자신을 지켜 줄 것이다. 무엇보다도 긍정적인 정신자세는 건설적으로 생각하고 행동하도록 삶의 방향성을 만들어 준다. 그러다 보니 원하는 것과 소망하는 것을 현실로 이룰 수 있는 가능성을 높여준다. 우리의 가능성이 증대되면서 우리는 더 많은 기회를 포착하게 된다.

긍정적 정신이
만들어낸 결과

L씨는 수능을 2번이나 더 준비하며 대치동의 유명 강사의 말보다 자기가 생각한 공부 방법들을 더 믿었다. 그것이 자신에게 가장 맞고 훌륭한 방법이라는 것이라 믿었기 때문이다. 이 신념을 포기하고 마음의 주인이 되지 못하였다면, 이리 저리 휘둘리다가 실패를 맛보았을 가능성도 컸을 것이다.

하지만 그는 자신이 원하는 일에 정신을 집중했다. 남들처럼 봄을 맞으며 벚꽃놀이에 놀러 다니고, 다 포기하고 현실에 순응하고도 싶었지만… 오직 원하는 일을 위해 모든 것을 미루었다. 옷을 사고 싶은 욕망도, 놀러 가고 싶은 마음도, 아침에 뛰던 그 15분에 단단히 정신무장을 하고 나면 정신이 번쩍 들곤 했다.

결국 L씨는 그가 원했던 목표를 이루었고, 현재도 자신의 발전을 위해 아침 시간 15분 달리기를 계속해서 실천해 나가고 있다.

행복과 성취에 대한 실마리를 얻다

나의 경우에도, 15분 달리기를 꾸준히 하면서 삶이 바뀌고 있다는 걸 느끼게 되었다. 더 많은 행복감이 나에게 온다고 느꼈다. 전에 다니고 있던 회사에서 나는 모범적인 신입사원 지도 선배로 선정되어 사내 활동의 만족감과 행복감에 대해서 다른 신입 사원들의 인터뷰를 했던 적이 있었다. 사내 인터뷰를 통해서 얻은 결론은 다음과 같았다. 행복할 때에 사람은 완전한 몰입감, 즐거움, 자신감을 느낀다. 즉 회사 내에서도 뛰어난 성과를 내는 사람들은 자신이 하고 있는 일에 완전하게 몰입하고, 자신이 하고 있는 일을 즐기고, 자신의 판단력에 대해 자신감을 가지게 되었다.

앞서 언급했던 몰입감, 즐거움, 자신감 등의 이런 느낌에서부터 시작하는 것은 어떨까? 일에 대해 완전하게 몰입하고, 즐거움과 자신감을 느끼려고 노력한다면, 그 자체로 좋은 일이면서 뛰어난 성과를 내는 데에도 도움이 될 것이다.

어떻게 할 것인가?

긍정적 정신을 만들기 위해 긍정적인 암시를 하는 것도 좋다. 시험에서 떨어지는 상상과 불안은 좀처럼 떨어지지 않고 육체를 좀먹는다. 이 생각을 완전히 제거하는 것은 쉽지 않다. 부정적인 생각을 제거하려는 것은 마치 "핑크 코끼리를 생각하지 마."라고 하면 오히려 그것이 생각이 나는 것처럼 쉽지 않다.

앞서 언급했던 15분 달리기를 하면 머리가 비워지고 마음이 맑아지는 느낌이 든다. 하지만, 이내 얼마 못 가서 어두운 기분이 또다시 드리워지기도 할 것이다. 그렇기에 일상 속에서도 긍정적인 암시를 하는 것이 더 좋다. '나는 할 수 있다. 조금 실수한 것은 앞으로의 큰 일을 위한 액땜이다.'라고 말이다.

사실 지금의 내가 존재하는 것은, 15분 달리기를 생활화하며 그것으로 인한 에너지를 일상 생활로 가져온 것 덕분이었다. 관용의 습관을 기르고, 기도하며, 목표를 세우고 계획하였던 것도 모두 마찬가지이다. 매일같이 불안하고 안정적이지 않은 마음 상태를 다잡고, 단단하게 정신을 무장하는 것, 그것이 일상의 조그만 성공들을 만들었고, 결국 마음속으로만 가지고 있던 커다란 성공을 이루게 되었다.

앵커링은 막연한 기대감이 아니다

혹자는 이렇게 말할지 모른다. 단순히 아침에, 혹은 하루 중 시간을 정하여 뛰는 것뿐인데 지나치게 의미부여를 하는 것 아니냐고 말이다. 하지만 아침에 15분씩 일주일 이상 달리기 전까지는 섣부른 결론을 내리지 말기 바란다. 단언하건대 3일째부터 당신의 삶은 달라지기 시작할 것이다. 하루에 시간을 규모 있게 사용하는 것에서부터 시작해서, 일에 임하는 자세, 내면으로부터 이어지는 에너지… 모든 것이 바뀌어 있을 것이다.

3번째 입시를 위해 준비하던 A씨, 그리고 원고에 휘둘려

하루하루를 허덕이던 모 작가가 하루에 15분을 뛰며 자신의 삶이 변화하는 모습을 본 예가 있다. 그들은 모두 삶의 또 다른 에너지를 얻었고, 인생의 전환기를 맞았다고 이야기했다. 이제 그런 삶의 변화가 당신의 것이 될 수 있다. 단순해 보이지만 절대로 쉽지 않고, 그러나 굳은 마음을 먹는다면 누구라도 실천할 수 있는 것이 바로 15분 달리기이다. 무리해서 당신을 엄청나게 고통스럽게 하라는 것이 아니다. 단지 스스로의 몸과 마음을 일깨우기 위해서 15분의 시간을 '눈 딱 감고' 기꺼이 투자해 보라는 것이다. 믿어지지 않겠지만, 이 일로 인해서 당신의 미래는 비약적으로 발전할 것이다.

앵커링의 본질은
'주의 집중'

한 가지 꼭 기억해야 할 것이 있다. 우리의 삶은 '주의 집중'의 절대적 상한선 안에서만 전개된다는 사실이다. 지금 어디에 마음을 쓰고 어디에 우리 주위를 집중하느냐에 따라서 인생은 매우 달라질 수 있다는 점이다. 앵커링이 '주의 집중'과 관련해서 매우 큰 역할을 한다는 것은 주목할 만한 점이라고 할 수 있다.

물론, 인생에서 부여받은 기회의 차이는 엄연히 존재한다. 빈민가에서 태어난 아이가 평생 살아가면서 경험할 수 있는 기회의 양과 넉넉한 가정에서 만나게 되는 기회의 양은 다를 수밖에 없다. 어떤 사람들은 선천적으로 장애를 안고 태어나기도 한다. 다른 어떤 사람은 매우 유복한 가정에서 건강한 신체를 가지고 태어난다. 이러한 근본적인 차이를 해결하기는 매우 힘들다.

하지만 우리가 금수저냐 흙수저냐를 떠나서 인생의 터닝 포인트를 만드는 또 다른 요인이 있다. 그것은 우리가 어디에 주의를 집중하고 있느냐이다. 좋지 않은 환경에 있는 사람은 자신의 관심을 집중할 수 있는 정보의 양이 부족하기 때문에 인생의 방향성이 달라질 수밖에 없다. 그러나 인류가 살았던 그 어느 때에도 정보가 지금처럼 평준화되고 모든 사람에게 오픈 되어 있었던 때가 없었다. 물론 그럼에도 불구하고, 정보의 불균형은 아직도 존재하지만 말이다.

'주의 집중'을 통해서 만들어 낸 회사 생활

이쯤에서 내가 대기업에 근무할 때 있었던 '주의집중'과 관련된 스토리들을 언급해 보려고 한다. 입사 2년 차 때, 고대하고 기대하던 인사팀으로 발령이 났다. 1년차 시절 매장에서 열심히 했었던 공로를 인정받아 우여곡절 끝에 인사팀에서 새로운 출발을 하게 되었다. 인력운영과 관련된 일을 맡았는데 말이 인력운영이지 인사팀의 모든 굳은 일들을 도맡아 했다. 직장 상사는 '1당 100으로 일하라.'며 나를 격려해 주곤 했는데, 돌이켜 보니 왜 1당 100이라는 표현을 썼는지 알 것 같았다.

인사팀에서 하루하루를 보낼수록 '1당 100'은 현실이 되었다. 그 중에 가장 힘들었던 기억이 있다. 그 해 7월에 인사 승급 및 발령일이 있었는데 심리적 부담이 장난이 아니었다. 상무님은 우스갯소리로 인사팀에서 미국 지사로 발령이 나야 하는 사람을 일본으로 발령 내면 일본으로 가야 할 정도로 인사팀 발령 공지의 권위를 매번 강조하셨다. 숨 막히는 이 시즌 14일 동안, 집에 가면 정신적으로 피곤해서 고꾸라져 잠만 잤다.

회사 전체 인력의 모든 인사 정보를 엑셀로 끌어온 뒤 여러 번 검토하고 수십 차례 정보가 맞는 지 일일이 확인해야 했다. 누락된 정보는 인사카드를 창고까지 내려가 찾아서 다시 업데이트해야 했고, 승진이나 승급 제외 대상자는 따로 관리했다. 이렇게 수십 번의 검토를 면밀히 거친 뒤 1차 보고를 하고 또 다시 명단을 수정하고 2차 보고를 하고 또 다시 명단에 새로운 사항을 반영해서 최종 컨펌을 받고 7월 1일에 드디어 회사 전체 게시판에 공지를 했다.

이 일을 했던 첫해에는 정말 너무 떨리고 가슴이 두근거리고 내가 마치 승진한 것 마냥 감정이입이 되었다. 물론 두 번째 해부터는 일이 점차 손에 익어 괜찮아졌다. 지금 생각해도 그때는 내가 온전히 정신을 집중해서 전투력 100 이상의 상태로 매일을 지냈던 것 같다 한편으로 그런 마음가짐으로 보낸 시간들은 나에게 큰 보람과 만족감을 주었던 것 같다.

앵커링은 정신을 온전히 집중할 수 있도록 하는 면에 있어서 크게 도움이 된다. 정신의 온전한 집중은 실수를 줄여주고 자신의 활동에 대한 더 많은 만족을 가능하게 한다.

내 운명의
지배자

인간은 내면의 자유를 가지고 있어야 한다. 자신의 운명과 관련해서 내면의 자유는 참으로 큰 역할을 한다. 이 '자유'와 관련해 생각해 볼 만한 점이 아리스토텔레스의 비유에 들어 있다.

세상에 존재하는 세 가지 부류의 사람들

아리스토텔레스는 자신의 비유 가운데서 세상에는 3가지의 직종이 있다고 했다. 첫 번째는 노 젓는 사람인 휘페레테스이다. 두 번째는 채찍을 휘두르는 에퓌 넬레리아다. 세 번째는 선박을 조종하는 아르카이이다.

아리스토텔레스의 비유를 오늘날 우리의 상황과 비교해 보기로 하자. 임금과 봉급은 중요하지 않다. 주목할 만한 한 가지 사실은, 휘페레테스는 적극적 자유가 없다는 것이다. 반면 아르카이는 원하는 대로 운전이 가능하여 적극적 자유가 존재한다. 휘페레테스는 노력하면 에퓌 넬레이아가 될 수 있지만, 죽었다 깨어나도 아르카이가 될 수는 없다. 항법, 별자리 등 완전히 다른 교육을 받아야 하기 때문이다. 또한 휘페레테스는 대체가 너무 쉽지만, 아르카이는 대체가 불가능하다.

대체가 가능하다는 것이 꼭 3D 직종, 블루칼라(blue collar) 직종만 해당하는 것이 아니다. 현대사회에서 스펙이 좋고 영어 점수가 높아 대기업에 입사해 맞춤형 인재가 되는 것은 휘페르테스가 되는 과정이다. 이렇게 휘페르테스의 삶을 시작하면 최대로 성공했을 때 에퓌넬레이아가 될 수 있다고 할 수 있다. 여기 연봉 3억원을 받으며 로펌에 있는 터키어를 번역해주는 직업이 있다고 가정해보자. 이 사람은 가장 상위 단계인 아르카이가 될 수 있을까? 그러나 적은 연봉이어도 통영이나 양양 같은 곳에 내려가 오후 3시면 문을 닫으며, 저녁에는 자기가 하고 싶은 일들을 주도적으로 할 수 있는 직업이 있다면 그 사람이 '아르카이'가 될 수 있을 것이다.

내 인생의 주인은 누구인가?

내가 내 삶의 주인으로서 살 것인가에 대한 중요한 메시지이다. 이것은 돈을 얼마나 벌며 사느냐와는 완전히 별개의 문제이다. 경제적 규모와는 상관없이 나 스스로 내 인생의 주인으로서 나의 삶을 설계해 나갈 것인지, 그렇지 않을 것인지를 이야기 하는 것이다. 내면의 자유를 가지며 살아가는 사람은 삶에 있어서 만족도와 행복도가 다른 사람과 크게 다를 수밖에 없다. 우리가 어떤 인생을 살 것인지는 전적으로 우리 자신에게 달려 있다. 당신은 어떤 인생을 살기를 원하는가?

잠재적 가능성의
확장

하루 15분 달리기를 하며 얻을 수 있는 또 다른 정신적 선물이 있다. 바로 자신 내면에 있는 잠재적 가능성이 비약적으로 확장된다는 점이다. 잠재력이 개발되면 쉽지 않았던 문제도 풀 수 있게 되고, 장애라고 생각되던 것들도 극복할 수 있게 된다. 진정으로 바라는 목표도 달성할 수 있게 된다. 모든 인간의 위대함과 성취는 여기에 기초한다. 또한 '명상'이라는 것도 부분적으로는 우리의 잠재적 가능성을 확장시키는 역할을 한다.

깨어 있는 눈을 갖게 하는 앵커링

보통 잠재적 가능성이 확장될 때, '깨어 있는 눈을 갖게 된다.'는 표현을 사용한다. 자신 앞에 있는 정보에 대해서 그 것을 깨어 있는 눈으로 살피고 객관적인 시각에서 분석할 수 있도록 하기 위해 감각의 예민함이나 민첩함을 필요로 하게 된다. 이렇게 하는데 중요한 역할을 하는 것이 바로 앵 커링이라고 말할 수 있다. 하루 15분 달리기를 통해서 자신 의 감각을 깨어나게 하고, 맑은 정신으로 삶에 스파크를 튕 길 수 있다면 우리의 삶은 반드시 달라질 수밖에 없다.

인간의 의식에는 유연성이 있다. 그러므로 삶은 어떤 형 태로든 바뀔 수 있고 분명히 개선될 여지가 있다. 만약 문 화 공통의 조건, 사회적, 문화적 범주 안에서만 우리의 삶 이 만들어진다면 삶을 개선할 수 있는 길을 생각하는 것은 부질없는 노력이 될 것이다. 다행히도 개인이 원한다면 주 도적으로 인생의 방향성을 선택하여 현실을 바꾸는 것이 가능하다.

운명의 굴레를 박차고 나설 필요가 있다. 자신의 삶을 바 꿀 가능성이 가장 높은 사람은 인생에서 자신의 생활을 끊임없이 깨우는 사람이다. 이것이 바로 앵커링이 필요한 이유이다. 당신도 잠재적 가능성의 확장이 무엇을 의미하는지 헤아려 볼 수 있기를 바란다. 좀처럼 만나볼 수 없는 희열과 두려움 없는 상태가 당신과 함께 할 것이다. 이전에는 느껴보지 못했을 감정적 에너지가 당신을 습관처럼 이끌게 될 것이다.

'창의력'을 확장시키는
앵커링

앵커링은 '창의력'을 확장시켜 정신과 마음과 신체에 있어서 가능성의 영역을 만들어 준다. 단순히 우리가 이해할 수 있는 차원을 넘어서 갑작스런 아이디어가 우리의 머리 속을 스친다거나 마음 속 생각만으로 그 순간 뛰어난 창작 활동을 하게 되는 경우가 있다. 실제로 많은 히트곡들이나 수많은 노력이 필요할 것 같은 명곡들이 별도의 시간을 들이지 않고 순간적으로 탄생 하는 경우가 굉장히 많다. 이러한 순간적인 창의력을 가능하도록 의식의 가능성을 넓혀주는 역할을 하는 것이 바로 앵커링이다.

모차르트는 실제로 머릿속에서 음악을 보고 들을 수 있어 펜을 잡으면 두 번 쓸 필요 없이 한번에 완벽한 선율의

악보를 그릴 수 있었다. 베토벤, 바흐, 브람스 등도 마찬가지다. 시간을 초월한 듯 보이고 마음 깊이 감동을 주는 그러한 음악을 듣거나 그림을 보거나 책을 읽고 있다면 우리는 그것이 꼭 15분 달리기는 아니라 하더라도, 앵커링의 역할을 하는 '도움닫기'를 통해서 만들어진 창조물을 경험하는 것이라는 것을 알아야 한다.

가능성에 접속하라

새로운 아이디어와 가능성을 접할 때 내면 자아를 느끼는 것은 모든 영감, 의욕, 열정의 원천이 된다. 그 내면의 자아를 되살아나도록 하는 것이 바로 앵커링이다. 그것은 우리 내부에서 들리는 영감에 가득 찬 작은 소리를 들을 수 있도록 한다. 육감, 직관, 번뜩이는 통찰력 등이 바로 이때 생긴다. 골치 아픈 문제와 씨름하고 있는데 갑자기 새로운 아이디어가 떠오르게 될 수 있다. 우리가 직면하는 도전적인 상황에서 새로운 통찰력을 경험하게 된다.

떠오른 아이디어를 통해 개인의 역량을 증명하다

초창기 사회생활을 하면서 나는 내면의 가능성을 확장시키곤 했다. 그것을 지금의 '앵커링'이라고 말하지는 않았지만, 당시 나는 가벼운 트레이닝이나 몸의 움직임을 통해서 나 자신을 계속 깨어나게 하고 있었다. 새로운 영감이나 아이디어가 때마다 툭 툭 튀어 나오곤 했다.

두 번째 회사로 이직하고 입사 4년차 때 내 직속 상사가 꽤 긴 시간 동안 내 업무 성과를 가로채 갔다. 처음에 문서를 만들어 보고 자료를 올리면 그 상사는 자기 이름으로 바꿔서 팀장님께 여러 차례 보고를 했다. 처음에는 회사는 다 이런 건가 하면서 어리둥절했지만 나중에는 좀 억울하다는 생각이 들었다. 매주 금요일 3시에 주간회의가 있었는데 그때마다 내가 할 업무 보고가 없었다. 기록상으로 내가 한 성과가 아니었기 때문이다.

내 직속 상사는 다분히 정치적이라 팀장님이랑 매일 담배를 피우며 내가 한 일들을 자신이 한 것 마냥 무용담을 늘어놓았기 때문에, 나는 주간 회의시간마다 설 자리가 없었다. 어떻게 하면 나의 역량을 인정받을 수 있을까? 어떻게 하면 내가 일한 성과를 정당하게 인정받게 될까? 여러 고민을 했다. 어느 때처럼 15분 달리기를 마치고 집에 돌아오는 길에 좋은 생각이 떠올랐다. 어쩌면 15분 달리기를 실천하는 동안 앵커링의 씨앗들이 나의 내면에서 생기기 시작했던 것 같다.

문득 좋은 아이디어가 떠올라, 기존에 없었던 업무에 도전하면 어떨까 하는 생각이 들었다. 내 공식 직무는 국내 채용 및 인사기획 업무였는데 기존 업무를 유지할 경우 현재의 보고하는 방식 및 업무 처리하는 단계를 크게 변화시키기 어려울 것 같았다. 팀 내 없던 직무인 글로벌 HR(해외 인력채용) 업무에 대해서 공부하기 시작했다. 글로벌 HR 업무에 도전하게 된 계기가 지금 생각하면 정말 초등학생처럼 유치했다고 생각될 수도 있지만, 그 계기를 통해서 나는 회사에서 인정받기 시작했다. 아이디어의 시작은 내가 외국어 역량이 있고 과장님보다 잘 할 수 있는 강점이 영어이기 때문에 업무적으로 차별화된 고유 영역을 만들 수 있을 것이라는 확신이 들었다.

내가 과장님보다 외국어 역량에 강점이 있다는 점에 착안해서 내 모든 업무를 글로벌 HR로 돌리기 시작했다. 관련

문서를 영어로 바꾸고 당시 해외 지사에 현지 영업 인력이 부족한 점을 착안해 외국인 채용관련 업무 기획을 했다.

해외 인재를 해외 지점에서 채용하던 방식에서 벗어나 국내 인사팀에서 해외 인재를 채용하는 방식으로 변경할 수 있도록 기획서를 작성했다. 물론 처음엔 팀장님은 일거리가 많다고 반대하셨고, 영어에 자신이 없어 하셔서 부담스럽다고 하셨다. 하지만 지속적으로 팀장님을 설득해 업무 능력을 증명해 보였다. 거의 매일, 구성원들 가운데 가장 늦게 퇴근했다. 해외 현지 지사와 일하기 위해서 11시부터 일이 시작되기 때문에 낮과 밤을 거꾸로 하면서 일을 하기 시작했다.

해외 지사와 친분을 쌓고, 담당자와 자주 통화하면서 여러 협의점을 찾아갔다. 본사에 있는 주재원 담당부서의 직원과도 인맥을 만들어서 업무적으로 여러 정보를 얻었다. 해외 인력을 채용하는 일은 처음 해보는 일이라서 많은 어려움을 느꼈다. 자문을 구하기 위해 한국인사관리 협회에 찾아가서 삼성엔지니어링 현지 채용 업무를 다년간 해오신 분의 노하우를 강의로 들은 적도 있다. 그분 회사 앞에까지 찾아가 업무를 전수해달라며 삼고초려(三顧草廬)한 적도 있었다. 코트라 실무자를 찾아가 해외 현지 채용 업무의 프로세스도 직접 배워서 회사에 적응할 수 있는 부분이 있는 것을 찾고 또 찾았다.

마침내 미국 현지 사무소에서 근무할 우리 사업부 인력을 처음으로 채용했다. 그의 이름은 Richard Catalano 였다. 미국인 영업 인력으로 제조업에서 다년간 영업의 뼈가 굵은 인력이었다. 그렇게 인력을 채용하고 나서 자신감이 붙어 이탈리아와 인도 인력까지 해외 채용 프로세스를 정립하여 인재를 채용하기 시작했다. 순간적인 아이디어로 진행했던 일들이 회사의 판도를 바꾸기 시작한 것이다.

1월에 추진했던 일들이 연말이 되자 어느 정도 성과를 보이기 시작했다. 직속 상사인 과장님은 더 이상 내 일에 손을 댈 수 없었다. 내가 보고를 드리면 2차 상사인 팀장에게 바로 보고를 하라고 승낙해주었다. 그렇게 나는, 독자적으로 내 업무영역을 가지며 누구보다 주도적이고 자유로우면서도 전문적으로 일을 추진할 수 있었다. 일상에서의 앵커링의 개념을 나의 삶에 실천하고 나서, 떠오른 아이디어를 통해 만들어 낸 쾌거였다.

15분 달리기와 개인의 잠재의식

15분 달리기를 개인이 잠재의식과 연관 짓다니… 다소 지나친 생각이라고 하는 사람이 있을지 모른다. 하지만, 15분 달리기는 불교의 108배 기도나, 수행하는 사람들의 단순한 몸동작과 크게 다르지 않다. 앞서 언급했던 것처럼, 앵커링 과정들은 모든 신체의 감각을 날려버리고 한 곳에 집중할 수 있는 매우 유용한 수단으로 작용할 수 있다. 나는 이미 그것을 경험했고, 나의 삶이 변화하는 모습을 두 눈으로 목도하였다.

달리기에 정신을 집중하는 동안, 아무것도 존재하지 않는 '공(空)'의 상태로 들어가는 나 자신을 관찰할 수 있다. 정신적 '무아'의 상태는 세상의 수많은 종교가 추구하는 내면 자아를 만나는 기본 베이스이다. 당신도 앵커링의 가능성을 부디 경험해 보기를 바란다.

목표 지향적인 동기를 부여하는
'앵커링'

나는 이미 당신에게 하루 15분 달리기를 하며 성공의 실마리를 찾는다고 말했다. 그리고 긍정적인 정신 자세를 가지며 계획을 세우고 동기를 부여한다고 언급하기도 했다. 여기에 더해 앵커링은 목표를 달성하도록 동기를 부여해 주는 역할을 한다. 15분 달리기를 하면서 자신의 몸과 마음을 준비시키는 과정이 바로 그것을 가능하게 한다. 목표를 설정하고 달성하는 방향으로 점차 나아가면서 열정과 흥분을 느낄 수 있게 된다.

그러나 앵커링이 발휘하는 동기부여 능력을 제대로 활용하려면 조건이 하나 있다. 그것은 목표가 확고하고 명확하며 구체적이어야 목표를 달성하는 데 필요한 아이디어와 에너지가 생성된다.

자유롭게 활동하는 에너지

긴급한 상황이 발생해서 한밤중에 일어나야 했던 경험이 있을 것이다. 그때 자신이 순식간에 일어나 민첩하게 행동했음을 기억할 것이다. 마치 내가 회사 생활을 하면서 순간적으로 떠오른 아이디어를 통해 나의 삶을 바꿨듯이 말이다.

중요한 시험을 앞두고 잠이 든 날은 다음날 알람이 울리기도 전에 일어난 적이 있지는 않은가? 다음날 중요한 일정이 있다면 전날 3시간도 채 자지 못한 피곤한 상태여도 몸이 저절로 벌떡 일어나게 된 적은 없는가? 앵커링은 무의식 속에서도 나 자신을 행동하게 한다. 앵커링은 나른함과 무기력함을 해소하고 삶에 새로운 에너지를 선사한다.

자신의 능력 이상의 것을
가능하게 하는 힘

앞서 언급했던 이야기를 좀 더 해 보자면… 내 모든 업무를 글로벌 HR로 돌리고 난 이후, 회사 내에서의 나의 포지션은 많이 달라져 있었다. 능력을 인정 받아 입사 5년차 때, 내 인생에서 가장 긴 미국 해외 출장을 떠나게 된다.

넓은 가능성의 영역에서 일을 하다

당시 임원 1분, 팀장님 2분, 차장님 1분 그리고 말단 사원인 내가 떠난 해외 출장이었기 때문에 도맡아 해야 할 일들이 정말 많았다. 정말 힘들고 고되었다. 보수적인 조직의 최상위 임원과 까다롭기로 소문난 팀장님 2명 그리고 천하태

평인 차장님 1분과 출장을 떠나니 A부터 Z까지 자잘하게 신경 써야 할 것이 많았다.

그 가운데, 해외 고문 인력 면접을 보고, 박사급 인력을 채용해야 하는 미션이 있었다. 다른 분들이 영어를 자유자재로 사용하지 못하여서 매번 통역을 요청하셨다. 여러 기술 용어는 나도 생소해서 차장님께 조언을 구하며 대응을 하고 발빠르게 업무들을 처리해 나갔다. 해외 고문 인력 채용시, 다행히 내가 일전에 채용했던 Richard Catalano 씨가 큰 도움을 주었다. 고문 채용 시 필요한 기술 용어를 순발력있게 알려주어서 공이 엄청 컸다. Richard 씨는 영업에서 뼈가 굵은 인력이라서 그런지 여러 대외 커뮤니케이션 업무에도 많은 소질을 보였다.

재미한인과학자협회(KSEA) 행사에 참여

재미한인과학자협회(KSEA)에서 주최하는 UKC 한미산업기술협력포럼에 국내 기업의 인사팀 인력들이 참여하는 일이 있었다. 미국 출장 중에 우리 회사도 행사에 참여해 채용박람회(JOB FAIR)를 열었다.

해외에 거주하는 한국 박사급 유학생을 채용하는 행사였는데 그 자리에서 당장 인터뷰도 하고, 임원 인터뷰 일정도 소화할 수 있도록 스케줄을 마련해야 했다. 현장에서 모든 채용을 마무리 하고 나서 채용 확정 서류까지 작성해야 했기 때문에 정말 눈 코뜰새 없이 바빴다. 몸이 10개라도 모자란다는 말이 정말 이런 상황인 것 같았다. 어찌 되었든 나의 능력을 시험해 볼 수 있는 기회이니 최선을 다하기로 했다.

긴장의 끈이 풀려서 여차하면 여러 큰 업무 실수로 이어질 수 있었기 때문에 온 신경을 곤두세웠던 기억이 있다. 일을 하는 동안에도 힘들었지만, 잠을 충분히 잘 수 없었기 때문에 육체적으로도 나의 몸은 매우 힘든 상황이었다. 그런데, 미국 출장 기간동안 새벽 6시만 되면 눈이 뜨이는 신기한 경험을 했다. 몸이 정말 녹초였지만 정신이 나를 붙잡아 루틴대로 최선을 다해 여러 사고 없이 행사를 마무리할 수 있었다. 나의 정신뿐만 아니라 육체적 에너지를 고갈됨 없이 유지할 수 있었던 것이, 나의 생활 속에 습관처럼 깃들어 있었던 앵커링의 역할이었다고 나는 믿는다.

앵커링이 에너지를 공급한 또 다른 예

생업에 치여 건강과 목표를 잃어가던 K씨는 앵커링을 통해 자신의 내면 에너지가 고갈되지 않는 경험을 했다. 그는 함께 문학을 공부하던 인원들로부터 창작모임 참여 제안을 받았고, 2주마다 한 번씩 특정한 요일과 시간에 글을 쓰기 시작했다. 퇴근 이후 밤까지 이어지는 스터디 구성 상, 다음 날 출근과 컨디션 조절에 어려움이 예상되는 상황이었으나, K씨는 스터디를 진행하는 동안 오히려 활력을 얻었고, 다음 날에도 피곤함을 전혀 느끼지 못할 정도로 긍정적인 에너지를 받았다. 잠시 동안 놓았던 글을 다시 접하고 다듬어 가는 과정에서, 잊고 있던 즐거움과 목표를 되찾은 것이 이런 에너지 발생의 이유였다.

그는 15분 달리기와 비슷한 원리로 자신의 삶의 '메기'를 푸는 방식을 '2주마다 글쓰기'라는 형태로 대신했다. 결국 그는 새롭게 조정된 루틴 속에서 내면의 잠재력이 깨어나기 좋은 환경을 만들었다. 앵커링 효과는 굉장히 강력하고, 육체의 피로도 이겨낼 만큼 막강하다.

집중과 몰입이 만드는
인생의 아름다움

정신이 체계적으로 집중되어 있는 사람은 목표가 명확하고 활동 결과가 바로 나타난다. 인생의 과업과 실력이 균형을 만든다. 여기에는 몰입이 매우 중요한 요소가 된다. 다른 무가치한 것들에 빠지지 않고 몰입 상태에서 불필요한 감정이 끼어들 여지를 티끌만큼도 허용하지 않는 방법은 무엇일까? 그것은 우리의 정신을 준비시키고 예열시키는 것에서 시작한다. 나는 그렇게 하는 방법으로 15분 달리기만큼 좋은 것이 없다고 생각한다.

15분 달리기를 꾸준히 하면서 우리가 하는 일에 집중하려고 노력한다면 그 집중하는 동안 자의식은 사라지지만 자신감은 평소보다 커진다. 시간 감각에도 변화가 온다. 짧은 찰나의 소중함을 알게 되며, 자신의 몸과 마음을 후회 없이 쓸 수 있는 자기 자신을 발견하게 된다. 그리고 자신의 일 자체에서 가치를 발견할 수 있게 된다. 15분 달리기는 체력과 정신력을 조화롭게 집중하게 하는 매우 효과적인 도구이다. 나의 삶은 마침내 나 스스로 원하는 힘을 얻게 된다.

몰입은 아름다운 것이다

삶을 아름답고 훌륭하게 만들어 주는 것은 무엇일까? 물론 사람이 살아가는 이유를 행복에서 찾는 것은 당연하다. 그러나 외부에 눈으로 볼 때 어떤 존재를 아름답고 훌륭하게 만들어 주는 것은 바로 몰입의 순간이다. 몰입해 있을 때 우리는 행복 자체를 느낄 수는 없다. 열심히 무언가에 몰입해 있을 때 나 자신이 사라지기 때문에 행복한지 행복하지 않은지가 드러나지 않는다.

행복감이 매번 좋은 것은 아니다

행복을 느끼려면 내면의 상태에 관심을 기울여야 한다. 하지만 내면의 상태에 관심을 오래도록 기울이다 보면 정작 눈앞의 일을 소홀히 하게 될 때가 있다. 사고가 날지도 모르는 레이싱카를 운전하는 사람, 암벽을 타는 산악인, 생명을 다루며 수술을 집도하는 사람… 각자 위치에서 열심히 자신의 일에 몰두할 때 그들이 행복감을 느끼고 있다고 말할 수 있을까? 아마 그들은 행복이 무엇인지 그 순간만큼은 모를 것이다. 하지만 우리는 그들의 몰입을 아름답게 생각한다. 그리고 성공과 성취의 순간은 바로 그 몰입을 통해서 만들어진다. 행복은 그런 몰입을 통해서 만들어진 결과에 의해 얻게 되는 감정이다.

우리가 자신의 삶을 컨트롤하고, 가치 있는 것들로 만들기 위해서는 건강하고 효과적인 '몰입'을 만들어내는 것이 매우 중요하다고 할 수 있다. 그 몰입을 가능하게 하는 것이 바로 앵커링이다. 15분 달리기를 통해서 정신을 준비시키고 각성된 상태로 하루를 만들어 간다면 우리 삶은 필연적으로 반드시 달라질 수 있다. 우리는 되돌아보면서 행복을 느낀다. 달라진 삶은 우리를 행복하게 할 것이다. 스스로의 힘으로 만든 행복감은 의식을 고양시키고 성숙시킨다.

자신의 감정의 상태를 포착하라

삶의 질을 끌어올리려면 우리가 매일 하는 것을 세심하게 관찰할 수 있어야 한다. 어떤 활동, 어떤 장소, 어떤 시간, 어떤 사람 옆에서 우리가 행복함과 만족감을 느끼는지 포착해야 한다. 우리의 정신이 깨어 있지 않는다면 그러한 포착은 할 수 없을 것이다. 우리는 때때로 삶에서 의외의 사실을 발견하게 되기도 한다. 평소에는 몰랐는데, 혼자 있는 것을 더 좋아하고 있었는지도 모른다. 정말 의외로 특정 형태의 운동을 좋아하고 있었는지도 모른다. 인생은 누가 정해 놓은 규칙에 의해서 살아가는 것이 아니다. 나에게 맞는 삶의 방식을 찾아내는 것이라고 말할 수 있다.

우리가 무엇을 원하는지, 나 자신이 어떻게 생긴 사람인지를 이해하고 관찰할 수 있으려면 우리의 정신이 깨어 있어야 한다. 단지 눈을 뜨고 있다는 것이 깨어 있음을 말하는 것은 아니다. 우리가 무엇에 행복함을 느끼고 만족감을 느끼면서 살아가고 있는지 실상 우리 자신도 모를 수 있다.

그것을 보다 능동적으로 알아채고 캐치 할 수 있는 방법은 앵커링을 통해서 우리의 영혼을 각성화 시키는 것이다. 인생을 섬세하게 느끼고 행복감을 느끼면서 성취하는 삶으로의 방향 전환을 위한 매우 중요한 단초를 제공하는 것이 바로 앵커링인 것이다.

자기 목적성에
충만한 삶을 살라

우리는 열정을 가지고 적극적으로 삶에 임하는 사람에 대해서 좋은 느낌을 갖는다. 그런 사람은 '자기목적성'이 충만해 있는 사람이다. 자기목적성을 뜻하는 영어 'autotelic' 은 그리스어 'auto(자기)'와 'telos(목적)'가 결합한 말이다. 무엇을 우리는 자기목적성이라고 말할 수 있을까? 어떠한 일을 하든지 그 일을 즐기고 일을 통해서 얻게 되는 감각을 훌륭하게 자신의 것으로 만들어 나갈 때 우리는 그것을 '자기목적'이라고 말할 수 있다.

만약 우리가 목공예를 하는 사람이라면, 일 자체가 좋아서 혹은 그 일을 사랑해서 하게 된다면, 그것은 '자기 목적' 에 부합된다고 할 수 있을 것이다. 그러나 돈을 벌기 위해서, 생계를 위해 어쩔 수 없이 하는 일이라면 그것은 자기 목적에 부합하지 않는다. 그것은 자기 외부의 목적을 실현하려는 행위이기 때문이다. 자신의 내면 에너지를 깨어나게 한다면 우리는 자기 목적에 부합하는 일들을 찾을 수도 있을 것이고, 현재 하고 있는 일들을 자기 목적에 부합되도록 만들어 갈 수도 있다. 15분 달리기를 통한 앵커링은 우리의 삶을 자기 목적에 부합되는 삶으로 바꿔 나가도록 한다. 우리의 삶은 점진적으로 바뀌어 갈 것이다.

우리는 스스로의 삶의 지배권을 찾을 수 있어야 한다. 타성에 젖어 외부적 흐름에 의해서만 삶이 만들어지고 있다면 우린 쉽게 괴리감에 휩싸일 수 있다. 그렇게 사는 것은 살아도 사는 것이 아닐 것이다. 삶의 지배권을 되찾을 수 있는 유일한 길이 있다면 자신의 의지대로 마음을 기울이는 요령을 터득하는 것이다. 주인 의식을 가지고 행동하는 것이 삶의 질을 끌어올리는 가장 효과적인 방법이라고 말할 수 있다. 그리고 그렇게 하기 위해서는 우리 내면 에너지에 대한 새로운 관점이 필요하다.

앵커링을 통해서 자신의 삶을 규모 있게 만들어 가고 나면, 삶에 대한 태도가 달라진다. 어쩔 수 없이 의무감 때문에 하는 일이 많다면 우리의 삶은 불행하다. 사실 너무나 많은 사람들이 타성에 젖어서 외부의 흐름에 의해 꼭두각시처럼 살아가는 경우가 부지기수이다. 그들은 그렇게 삶을 느끼고 부속품처럼 삶을 만들어간다. 과연 자신이 무엇을 원하고 있는지 사소한 마음의 움직임에 집중하고, 의식을 명료하게 만들기 위해 필요한 것이 바로 앵커링이다. 내면의 조화는 그렇게 만들어진다.

· IV ·

무엇이 당신을
변화하게 하는가?

.... ⚜ ....

세상은 일정 법칙에 의해 움직인다.
그리고, 인간 개인 역시 일정 패턴에 의해서 움직인다.
세상을 움직이는 힘을 이해하면 불가능을 가능하게 할 수 있다.
이제 순리적 흐름에 올라타 보자.

.... ⚜ ....

앵커링
– 성공시스템의 실천방법

'앵커링(Anchoring)'이라는 말은 최면치료와 NLP에서 자주 사용되는 용어이다. 앵커(Anchor)를 적용해서 특정한 형태의 효과를 만들어 내는 것이다. 커다란 선박이 자리 잡고 흔들리지 않도록 닻을 내리는 것을 우리는 앵커링이라고 부르며, 흔히 이것은 인간 내면의 에너지를 길러 내기 위해 특정한 자극을 주는 것을 의미한다. 나는 그 자극의 일환으로 당신에게 '15분 달리기'를 권하고 있는 것이다.

왜 15분 달리기인가?

내가 무엇보다도 15분 달리기가 당신에게 유익하다고 생각하는 이유가 있다. 당신이 지구상 어디에 있더라도 팔다리가 멀쩡한 이상 손쉽게 실천할 수 있는 것이라는 게 그 첫 번째 이유이다. 세상에는 무수히 많은 자기계발 프로그램이 있다. 하지만 너무나 많은 베일에 싸여 있거나 실천하기 힘든 경우가 많다. 마치 어떤 가수의 노래가 그 가수만을 위해서 존재하는 것처럼 고음역대의 기교를 필요로 하는 것들이 '자기계발 분야'에도 존재하는 것이다.

하지만 달리기는 누구나 실천할 수 있는 것이다. 심지어 몸에 어느 정도의 장애가 있다 할지라도 달리기와 유사한 신체 활동들을 통해서 자신의 에너지를 응축시킬 수 있다. 지금 이 글을 읽고 있는 당신 역시 바로 오늘부터 당장 실천할 수 있는 것이 바로 달리기이다.

두 번째로, '15분'이라는 시간이 당신 의식 속에서 가지는 마음의 '합리적' 부담감을 지적하고 싶다. 15분이라는 시간은 길다면 길다고 할 수 있는 시간이고, 짧다면 짧다고 할 수 있는 시간이다. '도전'이라는 명제 속에 포함시킨다면, 누구나 수긍할 수 있는 시간의 분량이다. 누구나 5분이나 10분 정도는 지나치게 많은 부담감을 가지지 않고도 빠르게 혹은 천천히 달릴 수 있다. 숨이 턱까지 차오를 무렵, 이제 인내할 남은 시간은 고작 5분에서 10분 정도면 되는 것이다.

변화의 시작을 위해 큰 희생을 할 필요가 없다

15분 달리기를 실천하기 위해서 운동선수가 될 필요가 없다. 자신을 이겨 낸다고 생각하고, 기꺼이 도전하기를 받아들이기만 하면 된다. 결국, 하루 15분 뛰기이다. 매일 15분씩 뛰는 시간을 갖는 것이다. 달리는 내내 모든 생각을 중지하고 침묵한다. 오늘 바로 시작하라. 이 침묵의 시간 동안에는 문제를 옆으로 치워두고 마음이 흘러가는 대로 그냥 놓아둔다. 흐르는 의식에 모든 것을 맡겨버리고 모든 근심과 걱정을 놓아버린다. 그러면 마음이 차분해지고 맑아지며 여유로움과 행복을 느낄 것이다. 별다른 노력을 하지 않았는데도 자신에게 가장 필요한 해답이 저절로 떠오를 것이다.

15분을 뛰고 나면 쉬면서 자신의 직관에 따른다. 자신의 직관이 지시했던 대로 한다. 다른 사람이 받아들이고 동의해줄까 하는 걱정은 하지 마라. 자신의 내면이 주는 답을 통해 당신은 최상의 선택을 하게 될 것이다.

강력한 에너지가 발휘되는 순간,
'배수의 진'

『초한지』의 유명한 고사 중에는 '배수의 진'에 대한 이야기가 있다. 한신이 전쟁을 할 당시 군사들로 하여금 강을 등지고 진을 치게 했었다. 그들에게 후퇴할 곳을 없앰으로써 군사들이 오히려 분발하게 되어 구사일생하게 되었다. 앞에는 적들이 진을 치고 있고, 뒤에는 강물이 있어 죽기 살기로 싸워 이겼다는 고사이다. 죽기 살기로 전쟁에 임해야 하는 곳, 우리는 그곳을 '사지'라고 부른다.

일상의 '사지(死地)'

사지는 비단 전쟁터에서만 적용되는 심리학적 개념이 아

니다. 내가 포위되어 있거나 선택할 수 있는 권리가 없다고 느끼는 상황 모두 사지라고 할 수 있다. 내 앞에는 적이고 뒤에는 막혀 있다는 것은 모두 배수의 진 상태이다. 편안한 곳 그리고 편안한 상태는 '사지'라고 할 수 없다. 안정된 상태는 도전의식을 없앤다. 15분씩 매일 뛰는 습관은 하루 중 아주 잠시 동안 힘들고 지치고 결핍된 상황을 연출해 낸다. 이러한 육체적으로 힘든 시간이 나의 무의식에 작용하여 '배수의 진'을 스스로 만들게 하는 것이다. 이런 '배수의 진' 이 내 삶을 더욱 긴장되고 박진감 넘치게 만든다.

예전에 회사를 그만두고 새롭게 한의학을 공부하기 위해 나를 다지고 도전했던 때가 있었다. 그 당시 도서관에서 같이 공부했던 친구들 중에 약대 준비생들이 많았다. 매년 무더운 8월에 약학대학 입문 시험(PEET)을 준비했는데 합격을 위해 자신을 사지로 내모는 친구들이 몇 있었는데, 이 친구들은 거의 합격했다.

가령 학교를 자퇴해서 자신이 더 이상 돌아갈 곳이 없게 만드는 수험생이 있었는데, 그들은 그렇게 '배수의 진'을 치고 공부했다. 자신을 '사지'로 내몰았을 때 폭발적인 에너지는 이루 말할 수 없었다. 시험 마지막 기간이라 체력적으로 힘들고 습한 날씨에 많이 지치지만, 그들은 시험 보기 전까지 핵심요약 노트를 몇 번이고 회독했다. 작은 체구에 어찌 그런 무섭고도 쓰나미 같은 에너지가 나오던지 자신을 사지에 내몬 이들의 에너지와 열정은 어떤 성공도 뒤덮을 만큼 차고 넘쳤다.

바닷가재의 고뇌

바닷가재는 실제로 불로장생이 가능한 몇 안 되는 동물들 가운데 하나다. 노화와 질병에 연관되어 있는 텔로미어 복구가 빨라 탈피를 거듭하며 건강해진다고 한다. 성장할수록 힘이 세지고 가임 능력도 좋아지며 껍질이 단단해져 외부의 위협으로부터 더욱 안전해진다. 그러나 불로장생에 가깝게 살아가더라도, 타성에 젖을 수 없는 이유가 있다. 주기적인 탈피로 성장하지 않고 멈추면 껍질이 세균이나 오염에 노출되어 죽게 된다.

탈피 과정 또한 녹록지 않다. 나이를 먹고 몸집이 커질수록 껍질이 점점 단단해지고 무거워져 죽음을 각오해야 한다. 매년 10~15%의 개체가 탈피 중에 지쳐서 사망한다. 성장하든 정체되든 기다리는 건 죽음뿐이다. 선택할 수 있는 권리가 없는 상황에서, 바닷가재는 죽음을 무릅쓰고 탈피에 도전하여 '영생'에 도전한다.

배수의 진을 통해 '영생'할 것인가?

우리들의 삶도 마찬가지다. 하루 15분 뛰기는 나를 '코너'로 몰아 배수의 진을 칠 수 있도록 한다. 몸을 지치게 하고, 정신을 영민하게 하여, 가능성과 잠재성을 불러일으키는 것이다.

뒤집어 생각해 보자. 실패하더라도 잃을 것이 없다고 느낄 때 우리는 절박감을 느끼고 그 싸움에 모든 것을 걸 것이다. 그런데, 오히려 그것이 나에게 힘을 얻는 결과를 가져온다면 어떻겠는가? 시도해 볼 만하지 않겠는가? 만약 내가 처한 상황이 불편하지 않고 느슨하다면, 긴장은 풀리게 되어 있다. 심지어 지루하고 피곤하기까지 할 것이다. 도전의식은 마비되고 아무것도 하기 싫어지는 상태에 빠지게 된다.

스스로 만드는 '배수의 진'

위험하고 동적인 변화무쌍한 일들에 뛰어들어라. 뒤에
강을 끼고 불구덩이로 들어가는 것이다. 나의 육체는 끓는
에너지로 정신을 집중하여 위험에 대항할 것이다. 긴박함이
압도하는 기분이 들고 도저히 시간을 허비할 수 없게 된다.
이러한 효과를 잘 사용하자. 아침에 사용하는 모닝콜처럼
간간이 적절하게. 내가 원하는 만큼, 원하는 방향으로 나에
게 가하는 압력을 잘 사용하길 바란다.

성공과 몰락을 결정짓는
'티핑 포인트'

달리기를 실천할 때 꼭 필요한 것은 '지속적이고 구체적인 행동'이다. 마찬가지로, 작은 성공에서 큰 성공으로 눈덩이처럼 불어나려면 '꼭' 지속적인 행동이 필요하다. 하지만 누군가는 '지속적'이라는 그 말이 너무 모호하고 막연하다고 생각할지도 모른다. '도대체가 얼마나 노력을 하라는 거지?' 당연히 이런 생각이 들 수도 있다. 그렇다면 성공하는 시점은 어딜까? 또 작은 변화가 큰 변화로 이루어지는 근거는 무엇일까?

변화는 한순간 생겨난다!

특정 자극이 지속적으로 이루어질 때 환경에 대한 변화

가 일어나는 지수함수 그래프를 보면 처음엔 작은 변화가 일어나다가, 어느 한순간 급상승하는 것을 볼 수 있다. 마치 전염병과 같이 말이다. 코로나 바이러스로 몸살을 앓고 있는 지금의 세계를 생각해 보자. 과거 메르스, 신종플루 등도 마찬가지였다. 한 사람의 확진자가 생기면 열 명이, 그다음은 백 명, 그리고 그 이상의 확진자가 나왔었다.

변화는 분명히 특정한 '룰'에 의해서 이루어지겠지만, 그 결과가 우리의 평범한 상상을 뛰어넘는 경우가 대단히 많다. 종이 한 장을 50번 접으면 지구와 태양과의 거리와 같다는 이야기를 들어 본 적이 있는가? 실제 이것은 사실이며, 우리의 평범한 상상을 뛰어넘는 결과치이다. 예전 고사를 살펴보면, 바둑판에 쌀알을 한 개 놓으며 한 칸 갈 때마다 2배의 쌀알을 달라고 하였더니 한 나라의 곳간이 다 털렸다는 이야기도 있었다. 대단하지 않은가?

결과는 급속하게 발생할 수 있다

전염의 힘을 제대로 이해하려면 비례에 관한 기대치를 포기해야 한다. 우리는 때때로 엄청난 변화가 작은 일에서 시작될 수 있고 대단히 급속하게 발생할 수 있다는 그 가능성을 받아들일 필요가 있다.

이러한 갑작스런 변화 가능성이 저널리스트이자 베스트셀러 작가인 말콤 글래드웰이 이야기했던 '티핑 포인트'의 중심 개념이다. 이 단어는 미국 북동부의 도시에 살던 백인들이 교외로 탈주하는 현상을 기술하기 위해 1970년대에 자주 사용한 표현이다. 사회학자들은 특정한 지역에 이주해 오는 아프리카계 미국인의 숫자가 어느 특정한 지점, 즉 20%에 이르게 되면 남아 있던 거의 모든 백인들이 한 순간에 떠나버리는 한계점에 도달한다는 것을 관찰했다.

이런 결과가 급속도로 발생할 수 있는 것처럼, 생각지 않았던 엄청난 긍정적인 결과들도 순식간에 이루어 질 수 있다. 우리는 그 분기점, 즉 티핑 포인트를 이해할 수 있어야 한다. 만약 그것을 이해할 수 있다면, 우리는 막연히 인내하는 것이 아니라 결과를 기대하면서 즐거운 마음으로 인내할 수 있게 된다.

어떤 결과를
만들 것인가?

티핑 포인트는 결국 빈익빈 부익부처럼 영향이 한쪽으로 쏠린다는 이야기이다. 어쩌면 이러한 현상은 우리가 살고 있는 이곳 지구가 감정의 동물인 '사람'이 지배하는 곳이기 때문인지도 모른다. 사람은 자신의 생존을 위해서 분위기에 쏠리는 경향이 있으며 그러다 보니 뜻하지 않게 양극단 가까이에 머무르기도 하는 것이다.

작은 노력이 긍정적 결과를 가져오다

수험생활하면서 만났던 친구 중에 작은 습관으로 정말 좋은 결과를 만든 학생이 있었다. 문과생이었던 이 친구는 호

기심이 많아서 항상 질문하기를 좋아했다. 수업 시간 중 궁금한 점을 메모한 뒤 수업이 끝나면 여지없이 교수님께 질문을 했다. 처음에 교수님은 질의를 잘 받아주시다가 나중에 화를 낼 정도가 되기도 했다. 그 친구는 그렇게 집요하게 집착하며 불굴의 의지로 교수님께 여러 질문을 했었다.

학원에서는 2주마다 시험을 보고 게시판에 매주 월요일에 결과를 부착해 놓아서 학생들이 경쟁할 수 있도록 시스템을 만들어 두었다. 그 친구는 처음에는 하위권이었는데 시험이 거듭될수록 성적이 조금씩 오르다가 본 시험을 앞두고는 배치고사를 본 뒤 중위권 반으로 옮겨갔다.

그 이후에도 수업 끝나고 난 뒤 질문하는 습관은 계속 이어졌고 그 학생은 마지막 몇 주 앞두고 상위권 학생들과 비슷한 점수대를 유지했다. 불과 8개월 만에 H_2O 화학식도 모르던 이 친구는 추운 겨울 1월에 약대 합격이라는 쾌거를 이루었다. 학원에서도 문과생이었던 학생이 1년 만에 합격하자 합격 수기를 써달라며 이 학생에게 러브콜을 보냈다. 집요하게 질문했던 '작은 습관'이 문과생이었던 이 친구에게 '합격'이라는 긍정적인 결과를 가져오게 만들었다.

깨진 유리창 이론

반대의 경우도 있다. 제임스 윌슨과 조지켈링의 깨진 유리창 이론(broken windows theory)은 많이 들어봤을 것이다. 평소에 자기가 자주 지나가던 거리의 쇼윈도가 누가 돌을 던졌는지 깨져 있다고 하자. 그런데 그 다음날에도 그 깨진 유리창이 방치되어 있다면 어떤 생각이 들까? 그 빌딩 주인이나 관리인이 이 건물에 대해 별로 애착을 갖고 있지 않다고 생각하게 될 것이다. 그래서 자신마저 돌을 던져 그 유리창을 깨도, 어느 누구도 상관하지 않을 것이라는 도덕적 해이(moral hazard)가 들지도 모른다.

이런 생각이 다른 사람들에게도 전파된다면 무법 상태에서 모든 유리창이 깨지는 상황이 벌어지고 말 것이다. 후미진 구석에 멋대로 방치된 자동차가 형편없이 망가지는 것도 마찬가지의 논리이다. 우리는 일어나는 현상들에 대해서 무심히 생각할 것이 아니라 왜 그런 일들이 일어나고 있는지를 생각할 수 있어야 한다. 우리 스스로가 성공과 발전을 만들어가기 원한다면 말이다.

'1만 시간의 법칙'을
뛰어넘어 보자

타고난 재능이라는 게 있을까? 하는 질문에 보통 따라오는 대답은 '재능 더하기 연습'이 성취 공식이라고 한다. 그리고 그 공식은 가장 직관적으로, 1만 시간 정도를 투자했을 때 성공을 나타낸다고 해서 '1만 시간의 법칙'이라고도 한다. 이것 역시 말콤 글래드웰이 이야기했던 중심 사상 가운데 하나이다.

프로들은 훨씬 더 열심히 한다

아마추어 피아니스트와 프로 피아니스트들을 비교해보면, 아마추어들은 어릴 때 일주일에 세 시간 이상 연습하지 않아 스무 살이 되면 모두 2,000시간 정도 연습한 것으로 나타났다. 반면 프로는 스무 살이 될 때까지 매년 연습시간을 꾸준히 늘려 결국 1만 시간에 도달했다. 말콤 글래드웰은 그들을 '아웃라이어(outliers)'라고 불렀다.

최고 중의 최고는 그냥 열심히 하는 게 아니라 훨씬, 훨씬 더 열심히 연습을 한다. 복잡한 업무를 수행하는 데 필요한 탁월성을 얻으려면, 최소한의 학습량을 확보하는 것이 결정적이라는 사실은 수많은 연구를 통해 거듭 확인되고 있다. 작곡가, 야구선수, 소설가, 스케이트 선수, 피아니스트 등 어떤 분야에서든 연구를 거듭하면 할수록 이 수치를 확인할 수 있다.

회사를 다닐 때 나는 인사팀이라는 전략적인 부서에 있었기 때문에 사람들을 틈이 나면 관찰할 기회가 많았다. 회사에 MASTER CLASS라는 비공식적 인재 관리 행사가 있었는데 나는 이때 이 CLASS에 참석할 인력들을 분기별로 선발하고 관리했다.

이때 만났던 40대 여성 팀장님이 있었는데 처음에는 그냥 아름답고 사교성 좋고 인맥관리 잘해서 회사에 이직해

들어온 그런 인재 케이스라고 생각했다. 몇 번 보고자료 때문에 주말 출근을 했는데 그때마다 한번도 빠짐없이 그분이 회사에 있었다. 매출자료를 훤히 꿰뚫었고, 부하 직원에 관해서 물어보면 언제나 기본적으로 3~4줄 이상의 답변을 할 정도로 팀원들에게 관심도 많았다.

이 팀장님을 만났던 나의 첫 직장은 유통회사였는데 매주 월요일마다 새벽 5시에 출근해서 직원들이 월요일 오전 9시 영업 회의를 위해 보고자료를 작성했다. 그때 당시 중요한 안건이 있으면 신입사원이었던 나는 새벽에 출근해야 했다. 한 번은 그분의 출근 기록을 조회해서 볼 기회가 있었는데, 이분 출근 시간이 새벽 3시였던 적도 여러 번 있는 걸 볼 수 있었다!

MASTER CLASS 모임은 호텔에서 연회형식으로 진행되었는데 회사에서 인재들을 독려하고 세미나를 통해 인재들에게 좋은 교육 기회를 제공했다. 이때에도 제일 열심히 세미나를 경청하고 적극적인 자세로 사내 직원과 네트워크를 하였다. 나는 그분을 감히 프로라고 단언할 수 있을 것 같다. 10년 이상 바이어 분야에서 직무경력을 쌓아 왔고 나아가 더 많은 기회를 얻기 위해 항상 노력하는 모습에서 '아옷라이어'이며 동시에 그 이상이라고 말할 수 있을 것 같았다. 프로들은 이처럼 자신의 커리어를 위해 더욱 가속도를 붙여 노력한다.

1만 시간은 대략 하루 3시간, 일주일에 스무 시간씩 10년간 연습한 것과 같다. 모차르트, 비틀즈, 빌 게이츠 모두 타고난 천재로 알려졌지만, 그들의 연습 과정을 세밀히 들여다보면 결국 1만 시간의 양이 채워져 있음을 알 수 있다. (비틀즈는 일주일에 7일 연습했다고 한다. 일주일 내내 연습시간이었던 것이다.)

1만 시간의 법칙과 15분 달리기

내 경우에, 하루 15분 뛰기를 시작하고 준비했던 여러 시험들이 있었다. 물론 그것들 중에는 붙은 것도 있고, 떨어진 것도 있다. 당시로서는 크게 어떠한 변화를 기대하고 시작한 것도, 그런 것을 체감한 순간도 없었던 것 같다. 하지만 몸이 너무 아프거나 어쩔 수 없는 사정이 있을 때를 제외하고는, 해가 부지런히 떴다가 지듯이, 개미들이 열심히 먹이를 옮기듯이 빠짐없이 하루를 15분 뛰기로 채워 나갔다.

1만 시간을 채웠던 프로들에게 요구되는 시간은 하루에 적어도 3시간 정도의 연습 시간이다. 내가 이 책을 통해서 이야기하는 '15분'이라는 시간과 아웃라이어들의 '3시간'에는 분명히 비교할 수 없는 차이가 존재한다. 적어도 12배의 차이가 존재하는 것이다.

인정하지 않을 수 없는 점은, 그런 아웃라이어들에게 환경적인 특혜가 있는 경우가 흔하다는 것이다. 매일 3시간씩 특정 분야에 열정을 쏟을 수 있으려면, 그것이 가능한 환경이나 상황이 자신의 주변에 존재해야 한다. 그렇지 않고서는 가능하지 않다. 부모의 지원이 있든지, 국가적인 부양책이 있든지 아무튼, 자신의 선택에 의한 것이 아닌, 환경이 지대한 영향을 미칠 수밖에 없다. 자신의 생계를 위해서 8시간에서 12시간 일해야 하는 사람들에게 체력과 재정적 한계를 뛰어넘으며 특정 분야에 집중한다는 것은 거의 불가능에 가깝다.

중요한 것은 '삶의 질'이다

그런데 잠깐만 상황을 뒤집어서 생각해 보자. 우리의 삶의 질을 높이기 위해서 그런 초울트라 전문가가 될 필요가 있을까? 물론 상황이 허락해서 특정 분야의 전문인이 된다는 것은 박수를 쳐 줄 만큼 훌륭한 일이다. 하지만 그것은 우리의 삶의 질이나 격이 올라가는 것과는 별개의 문제이다. 삶의 질을 행복하게 유지하면서 동시에 우리가 목표한 것들을 효과적으로 성취할 수 있어야 한다. 그것이 바로 균형 잡힌 건강한 삶이라고 할 수 있다. 나는 그런 면에서 '15분 달리기'가 '1만 시간'을 뛰어넘는 가치가 있다고 생각한다. 인간이 이룰 수 있는 성취를 가격으로 따진다고 봤을 때, 15분 달리기는 그야말로 가성비가 최고라고 할 수 있다.

달리기는 나의 인생을 바꿔 놓았다

매일 15분 달리기를 해서 2년 정도 되었을 무렵, 나는 전혀 다른 사람이 되어 있었다. 마음 상태, 태도, 직관, 정신력과 불굴의 의지, 지혜 모두 똑같은 사람이라고 믿기 어려울 정도로 변화했다. 내가 이루어낸 것과 성취한 것들을 살펴볼 때도, 나는 분명 다른 사람이 되어 있었다. 그야말로 '앵커링 효과'를 톡톡히 본 것이다.

동등한 기회를 위한
'아웃라이어' 모임

앞서 언급했던 아웃라이어 모임에 대해서 좀 더 이야기해 보겠다. 나와 책과의 인연은 당시 꽤 유명했던 한 독서 클럽에서 시작되었다. 퇴근 후 주 2회씩 꾸준히 독서 모임을 나갔는데 그 때 읽게 된 '아웃라이어'란 책에 진심으로 매료되었다. 말콤 글래드웰의 저서로 성공에 대한 비결을 '기회'와 '유산'이라는 두 가지 챕터로 나눠서 소개하고 있다. 책에서는 성공한 사람을 '아웃라이어'라 지칭하고 '기회'와 '유산'이 성공의 뒷받침 되어야 한다는 주장을 하고 있다.

만일 현실에서 타고난 기회와 노력을 통해 '아웃라이어'가 된 사람들을 한자리에 모으면 어떤 예기치 못한 일들이 일어날지 궁금해졌다. 그리고 그들이 직접 멘티들에게 삶의 지혜와 경험을 전달해주며 사회생활 인맥이 되어 준다면 어떤 결과가 나올까? 멘토링 모임을 기획할 때 타고난 재능에 꾸준한 노력을 통해서 진정한 아웃라이어가 된 사람들을 함께 초청해 좋은 모임을 만들고 싶었다. 그렇게 해서 기획한 것이 앞에서도 잠깐 언급했던 '아웃라이어 모임' 행사였다. 모임에 각자의 직무 분야에서 1만 시간 이상 전문성을 쌓은 멘토들을 초청했다. 하지만 엄밀히 말해 그것은 그들을 위한 행사가 아니었다. 모임은 그들의 재능을 다른 사람들과 함께 나누는 형식으로 이어졌는데, 그들은 멘토가 되고 그들로부터 경험을 듣는 멘티들을 함께 초대했었다. 재능기부 형식으로 진행한 모임이었던 것이다.

기회는 동등해질수록 좋다

그 모임의 목적은 간단했다. 환경적으로나 경험 면에서 서로 다른 조건을 가지고 있는 모든 사람들에게 동일한 기회에 문을 열어 주는 것이었다. 물론, 한두 번의 모임으로 인해 모든 사람에게 동일한 기회가 열린다고 볼 수는 없다. 단지 다른 사람들의 경험을 통해서 배움의 기회를 얻는다면 책에서 언급한 기회와 유산을 공정하게 어느 정도 얻을 수 있는 장이 되지 않을까? 모임을 통해 멘토와 인맥을 쌓으며 성공으로 가는 길을 좀 더 수월하게 찾을 수 있도록 하는 것이 좋겠다고 생각을 한 것이다.

행사의 1부는 멘토들이 직무 분야에서 전문성을 어떻게 함양했는지 공식적인 톤 앤 매너로 전달하는 토크쇼 형식으로 진행되었다. 행사의 2부는 형식에서 벗어나 멘토링을 진행하며 대학생들이 본인이 희망하는 직무 분야에서 정보를 얻고 멘토에게 직접적인 궁금한 사항을 피드백 받을 수 있게 소통의 장을 여는 형식이었다. 처음에는 20~30명 남짓의 참석자만 있었지만, 꾸준히 참석자가 늘어 4회차에는 총 100여명이 참석하게 되었다. 아마도 국내에서는 '아웃라이어'라는 이름으로 소통의 장을 연 최초의 사례일 것이라고 생각된다.

하나의 트렌드가 되길

아웃라이어 모임은 작은 하나의 아이디어로 출발했다. 나는 그것이 하나의 문화이자 '트렌드'처럼 자리 잡아 멘토들이 자발적으로 참석하고, 멘티들은 자신의 꿈을 향해 한 발자국 다가갈 수 있는 기회를 얻게 되기를 바랐다. 나 또한 공부했던 분야와 직무 분야에서 쌓은 경험을 토대로 모임에서 만난 멘티들에게 멘토링을 해주었다. 모임에 참석한 모두가 자신의 꿈을 되돌아보기도 하고 원하는 꿈을 찾아가기도 하는 기회가 열린 값진 행사였다.

유익한 습관이
당신을 지배하게 하라

·············✦··············

작은 물방울이 모여 바위를 뚫고 지형을 바꾼다.
결국 나를 성취로 인도하는 것은 유익한 습관이다.
작은 습관 행동들이 모여 위대한 일을 이룬다.
가슴 벅찬 삶은 유익한 습관에 의해 생긴다.

·············✦··············

성공과 성취는
작은 습관에서 비롯된다

인생 목표를 달성하려면 단순히 집중하거나 마라톤을 몇 번 연습하는 것 이상의 노력이 필요하다. 결국 가장 큰 차이를 만들어 내는 것은 '매일' 반복하는 '행동'이다.

나는 얼마나 성장할 수 있을까?

그렇다면 반복을 통해 얼마만큼 성장해야 좋은 것일까? 나는 사람이란 근본적으로 고정되어 있지 않다고 믿는다. 나를 돌아보는 시간을 가져보자. 얼마나 변했는가? 나는 얼마나 많은 것을 배웠고, 얼마나 많은 것을 느낄 수 있었는가? 내가 원하는 것을 얼마나 가졌고, 또한 얼마나 많은 것을 다른 사람을 위해서 베풀었는가? 결론적으로 나는 얼마까지 성장할 수 있을까?

습관을 통해 미래를 준비하다

아토믹 해빗(Atomic Habit)은 자신의 저서에서, '수학적으로 볼 때 1년 동안 매일 1퍼센트씩 성장한다면 처음 어떤 일을 했을 때보다 37배 더 나아져 있게 된다'는 점을 지적했다. 이른바 '습관이 복리로 작용하게 된다'는 점을 이야기한 것이다. 꾸준히 이어진 습관이 복리로 불어나는 과정들은 주변에서도 흔하게 볼 수 있다. 수능을 준비하던 J씨에게는 일 년간 같은 루틴이 있었고, 반복하는 습관이 있었다. 거의 매일을 수능 당일과 비슷하게 맞추었던 것이다. 아침에는 국어와 수학 영역을 풀었고 점심을 먹고 나서는 영어 영역을, 이후에는 탐구 영역을 풀며 저녁 시간까지 보냈다. 남은 시간은 각 영역에 대한 피드백을 하며 이 습관을 버린 적이 없었다. 고등학교 때에 중구난방으로 공부하고 마음이 내키는 대로 공부를 했었던 것과는 대비되었다.

이전의 첫 시험에서 J씨는 아침에 치르는 시험에 쏟아지는 졸음을 참지 못하기도 했고 영역별로 연이어 문제를 푸는 것이 몸에 안 맞는 옷을 입은 것처럼 **뻣뻣**하고 어색하게 느껴졌다. 그렇게 모든 것이 낯설어 첫 시험을 시원하게 말아먹고, 그제야 낯선 것들에 대비하는 '습관'을 만들었다.

'평소와 다름없이', '하던 대로' 시험에서도 풀 수 있다면 더할 나위 없을 것이다. 본 실력 그대로 풀 수 있다면 평소에는 100점을 받을 실력만 만들어 놓으면 되는 것이다. 그는 수능 당일에 대한 생각을 끊임없이 했고, 시험장이라면 이렇게 풀 거야 하는 주체적 '마인드'를 항상 잊지 않았다.

놀랍게도, 다음 수능에서는 그저 하던 대로 풀었고, 풀던 대로 점수가 잘 나왔다. 그래도 시험인지라 떨리는 것은 어쩔 수 없었지만 확실히 습관이라는 것은 무서웠다. 뇌가 반응하기 전에 손이 움직여서 문제를 풀고 있었다. 또 그러면서 자신감이 붙고, 완주할 때까지 의식을 놓치지 않을 수 있었다. 매일 반복하던 행동은 마음을 단단하게 만들었다.

반복의 힘을 실감하라

의학 전문 대학원 시험 준비생이던 B씨도 반복의 힘을 체감한 경험을 갖고 있다. 뚜렷한 정보 없이 초시로 Meet 시험을 준비했다. 입시에 실패한 이후, 그는 대형학원에 등록해 부족한 지식을 쌓는 걸 우선순위로 삼았다. 이후 스터디를 구성해 각종 지식들과 정보를 최대한 소통하고 공유 받았고, 의학전문대학원 적성시험에 익숙해지기 위해 아침에는 자연과학 1과 자연과학 2 문제 유형에 맞춰서 기출문제를 풀었다. 의도적으로 '반복'의 상황을 만든 것이다.

저녁 시간엔 오답 노트 스터디를 조직해 스터디원들과 피드백을 주고 받으며 루틴을 재정비 했다고 한다. 심지어 면접 준비마저 실제 환경과 유사하게 꾸며두고 여러 차례 진행하였고, 압박면접과 시사토론 등 다양한 주제의 질문들로 시험근육을 단련했다. 이렇게 그는 '평소와 다름없이', '하던 대로하자'라는 마인드셋으로 시험 당일의 부담감을 줄여갔다. 그렇게 컨디션을 조절한 결과, 실제 시험에서도 2차 전형인 면접에서도 좋은 결과를 얻을 수 있었다. 실전과 똑같은 상황을 만들어 동일한 일의 '반복'을 만들어 대비하는 것은 가장 직접적인 도움이 된다고 할 수 있다.

꼭 수험생활 하는 것이 아니더라도, 반복과 습관은 미래를 준비하는 데 크게 도움이 된다. 아침마다 반복해서 하는 기도, 명상, 긍정적인 확언 등은 나를 깨우고 성공으로 가는 열쇠를 얻게 해준다. 놀라울 정도로 효과가 좋다.

습관으로서의 달리기

나에게 성장하고 싶다는 생각을 끊임없이 들게 했던 것은 아침마다 실천했던 '15분 달리기'였다. 달리기는 나의 모든 생각을 하나로 집중하게 만들었다. 달리는 동안 나는 발걸음과 속도, 그리고 자세에만 주의를 기울인다. 아무것도 나를 방해하지 못하는 순간이다. 이런 과정들을 통해 몸에서 느껴지는 감각 그 자체에 관심을 기울이는 것은 나의 성장과 나의 발전에 주의를 기울이는 것이다. '달리기라는 행위'는 스스로 몰입하고 더 열정적으로 나 자신을 만들어 간다.

달리기는 나의 매일을 더욱 의욕적이고 활기 넘치게 만들었다. 15분 달리기는 운동선수들이 하는 고도의 트레이닝이라기보다는, 내 영혼을 부스팅(boosting) 하기 위한 일종의 '의식적 습관'이다. 이 간단한 의식을 통해 나는 '활동의 가능성' 영역으로 나 자신을 옮겨 놓게 된다.

운동하라,
그리고 계획하라

스스로가 계획한 성취를 맛보기 위해서 무엇보다도 가장 기본적으로 운동을 해야 한다고 나는 생각한다. 하루에 15분씩 뛰는 습관을 통해 자신을 가꾸어 나가 보자.

운동의 상관관계

미국에서의 한 조사 결과, 부와 운동의 상관관계로서 큰 연관이 있음이 밝혀졌다. 부자들은 운동을 언제나 빼먹지 않고 한다. 빈민들은 그렇지 않아서 뚱뚱한 사람이 많다고 한다. 이는 상상 속 배부른 부자와 홀쭉한 가난뱅이와는 다르다. 대개 부자들은 식단 관리와 함께 건강한 음식을 먹는

반면, 빈민들은 몸에 안 좋은 정크푸드를 많이 먹어 비만이 많다. 특히 미국 같은 경우, 주마다 빈부 격차가 심하기 때문에 극단적인 통계 결과를 보이기도 한다. 심지어는 몇몇 낙후된 주의 경우 야채 사진을 보여줬을 때 그것이 무엇인지 모르는 아이들도 있었다고 한다.

이유는 여러 가지가 있을 것이다. 빈민가는 유통망이 부족하여 신선한 야채가 조달되기 어려운 것도 있을 테고, 같은 1달러가 있다면 배고픈 야채보다는 당장 허기를 채울 수 있는 빵을 선택할 것이기 때문이다. 운동도 마찬가지이다. 빈민들은 당장 주린 배를 채우려고 야채 대신 빵을 먹었듯, 직관적이고 직접적인 쾌락에 손을 대기 쉽다. 운동은 그런 것과는 거리가 멀다. 굉장히 오래 걸리고, 직관적이지 않으며, 끈기가 필요하다.

계획을 하는 것과 하지 않는 것

꼭 그렇다고 할 수는 없지만, '당장'의 삶이 절실한 가난한 사람들은 계획 없이 살게 되기가 쉽다. 계획을 세우고, 미래를 설계하는 등의 생각을 할 수 없게 하는 '현재'가 있기 때문이다. 오스카 상을 받은 봉준호 감독의 〈기생충〉에는 이런 대사가 있다. "아들아, 역시 너는 계획이 다 있구나. 제일 좋은 계획이 뭔지 알아? 무계획이야. 어떤 좋은 계획도 실패할 수 있지만, 무계획은 실패할 수가 없거든."

하지만 무계획이 가장 잘 실패하는 법이다. 그들은 무계획적인 행동 끝에 사건을 일으키게 되고, 안 좋은 결과로 빠지게 되었다. 하지만 부자들은 항상 계획을 세운다. 매일 오늘 하루는 어떻게 보낼지, 어떤 운동을 얼마나 하고 누구와 시간을 보낼지 항상 계획이 있다.

유니레버의 CEO 폴 폴먼은 새벽 6시에 일어나 트레드밀 위를 걷고 뛰면서 그 전날에 진행된 일들을 복습하듯 정리한다고 한다. 이렇듯 부자들은 규칙적인 운동을 다이어트나 몸만들기의 과정이 아닌, 건강한 정신과 몸으로 하루를 보내기 위한 일상으로 이어나간다.

앵커링을 통해
좋아지는 학업성취도

학생에게는 '하루 15분 달리기'로 만들어지는 '앵커링'이 매우 의미 깊은 것이 될 수 있다고 나는 생각한다. 왜냐하면 이것은 학업성취도를 좋게 하기 때문이다. 미국에서 방과 후 매일 체육관에서 운동하는 학생들이 계속 도서관에서 공부만 한 학생보다 성적향상도가 더 뛰어났다는 연구결과가 나와 최근 화제가 된 적이 있었다. 노스캐럴라이나 주립대학교(North Carolina State University)의 연구 결과를 통해 운동을 열심히 하는 학생들의 학업 성취도가 높은 것을 알 수 있다.

예전 운동이 학생들의 우울증과 스트레스 등 정신 건강에 긍정적인 영향을 미친다는 연구 결과는 학계에 종종 발표되었으나, 학업 성취와 직접적인 연관을 규명한 것은 이례적이라고 한다. 이렇듯 운동 자체만으로도 충분히 좋지만, '앵커링'을 목적으로 하는 '15분 달리기'야말로 개인의 역량을 끌어올려 주는 '부스터' 역할을 할 수 있다고 나는 믿는다. 너무나 스스로를 육체적으로 피곤하게 하지 않으면서 동시에 온몸을 깨어나게 하는 절묘한 시간 투자인 것이다.

단 15분만 뛰어 보자

일주일이 아니라 '매일' 1시간씩 운동할 수 있다면 좋겠지만, 사실 그렇게 하는 것은 쉬운 일이 아니다. 몸이 지치기도 하고, 운동 자체를 하기 싫어하는 사람도 생각보다 많다. 또한, 물리적으로나 시간적으로 그렇게 시간을 내는 것은 언제나 가능한 것이 아닐 수도 있다. 자, 이제 하루에 딱 15분씩만 뛰어 보자. 일주일에 5번 이상 운동하는 사람은 1%를 웃돈다. 그 1% 안의 사람이 되어 보자. 우린 인생의 성취에 있어서도 '1%' 안에 드는 사람이 될 것이다.

고문이 되지 않는
범위에서

러닝머신는 원래 19세기 영국 교도소에서 죄수를 고문하기 위해 발명되었다고 한다. 하지만 우리가 생각하는 앵커링을 위한 운동은 그래서는 안 된다. 우리에게 도움이 되는 범위에서 해야 제대로 된 운동이다. 과도한 러닝은 죄수들에게 공포심마저 주었지만, 적당한 러닝은 마음을 비우고 특정 감각으로 나의 주의를 집중할 수 있게 한다.

달리기에 대한 생각

뛰고 나면 명상을 한 것과 비슷해진다고 생각하면 된다. 체력을 다 소진하고 잠재적 에너지가 나의 육체를 지배하게 되면, 메타인지가 작동하여 나 자신을 돌아보는 시간을 갖게 된다.

처음에는 달리는 것 자체에 매료가 되어 40분도 달려보고, 1시간도 달려봤다. 시간을 정해놓지 않고 달리다 보니, 나의 커리어보다 달리기에 더 많은 시간을 사용하고 있는 것은 아닌지 생각하게 되었다. 달리기는 분명 매력적인 운동이지만, 나의 전부는 아니었다. 그러니까, 어떻게 하면 좋은 습관으로서의 달리기, 나의 몸과 정신을 건강하게 만들 수 있는 달리기가 될 수 있는지 고민하게 되었다.

'적당한' 달리기를 설계하다

내가 중요하게 여기는 것은 나의 커리어이다. 내가 어떤 사람인지 보여주는 것도 중요하지만, 일을 통해서 내가 확인하게 되는 나의 모습은 나 스스로에게 큰 만족감을 준다. 때로는 나는 그것을 행복이라고 부르기도 한다. 자신의 모습을 보게 되었을 때에, 다른 사람의 기준이 아니라 나의 기준으로 나를 보았을 때에 느끼는 감정들이 좋다. 내가 원하는 것을 성취하는 것도 때로는 나의 능력을 확인하는 것이라서 좋지만, 조금 더 근본적인 이유는 내가 원하는 것을 성취하게 되면서 내가 누구인지 배워갈 수 있기 때문이다.

달리기는 준비하는 시간과 달리기 이후 상쾌함을 더하는 샤워시간까지 포함하면 꽤 많은 시간이 소요된다. 그래서 나는 적정한 시간을 고려할 때 15분 정도가 좋다는 생각을 하게 되었다. 내가 15분으로 달리기 시간을 정한 것은 과학적인 이론에 근거한다. 나는 컨디션 런닝 방법을 사용하는데, 초보자도 쉽게 따라 할 수 있다는 점이 매력적이다.

컨디션 런닝

천천히 걷는 속도에서 단계별로 속도를 올려 최고 속도를 만들고, 다시 속도를 떨어뜨리는 런닝 방법이다. 이때 지켜야 할 것이 있다. 속도의 변경을 촘촘하게 할 것, 단계별로 천천히 바꾸어서 몸의 부담을 줄일 것이다. 이 런닝 방법은 근육과 관절에 큰 무리가 없는 방법이며, 숨도 덜 차는 느낌이 든다.

컨디션 런닝의 장점은 1세트만 해도 몸에 충분한 효과를 줄 수 있다는 것이다. 몸의 근육이 활성화되고, 에너지 소비량은 늘어난다. 근육의 활성화가 이루어지는 부분이 15분 달리기 이후에도 지속되기 때문에, 에너지의 소비량은 생각보다 많다. 근육의 활성화와 에너지 소비량의 증가는 몸을 건강하게 만들어주기 때문에 피로감을 쉽게 느끼지 못하게 한다.

바로 이점이 나는 매우 좋았다. 수험생으로 해야 하는 일 중에 하나가 체력을 관리하는 것인데, 체력을 관리할 때에 몸에 부담이 많아서는 곤란하다. 또 달리기를 하는 시간의 대부분은 이른 아침이나 늦은 저녁에 하게 되는데, 이때에 몸에 많은 무리를 주는 것도 부담스러운 일이다.

적당한 운동은 오히려 휴식이다. 관심을 밖으로 돌리고 과도했던 에너지를 소진하는 것으로서의 휴식인 것이다. 힘을 빼고 천천히 호흡하며, 머리를 비우고 휴식하는 것이다. 가장 좋은 것이 뛰기이다. 하루에 15분 뛰는 것으로 충분히 일과 삶의 균형을 유지할 수 있다.

달리기를
즐거움과 연결하라

물론 적당한 양을 달린다고 해서, 힘들지 않은 것은 아니다. 그러니, 운동을 끈질기게 하려면, 즐거움과 연결할 필요가 있다.

조건화 과정

'조건화 과정'이라는 심리학 용어가 있다. 생리학자였던 파블로프는 개에게 먹이를 줄 때마다 종소리를 들려주었더니, 어느 순간 종소리만 들어도 침을 분비한다는 것을 발견하였다. 처음 침분비와 아무 상관이 없었던 종소리는 '조건화 과정'에 의해서 먹이를 연상하게 하는 수단이 되었다.

이러한 조건화 과정은 우리의 일상에서도 적용될 수 있다. A씨는 공모 준비와 실패를 거듭하며 사회진출이 또래보다 늦어져 초조해하고 있었다. 낮밤이 바뀌는 불규칙한 생활과 불안감으로 가벼운 우울증을 겪게 되었고, 대인기피증과 폐쇄공포증까지 생겨 사람이 많고 번잡한 버스나 지하철을 오래 타고 다니지 못할 지경에 이르렀다. 약물치료를 시작한 뒤로도 불면증에 시달리는 등 전혀 호전되지 않았던 그는 전부터 가지고 있던 모든 즐거움을 전부 잃어버린 상태였다.

'티핑 포인트'의 예시처럼, 부정적 영향으로 쏠리고 있는 상황에서, 그는 쏠림의 방향을 바꿔놓을 무언가가 필요하다고 느꼈다. 해답은 그의 취미에 있었다. A씨가 좋아하는 취미활동은 양궁과 클라이밍이었다. 평소에도 종종 즐기고 있던 운동들이었지만, 그는 좀 더 운동 강도를 높이기로 결심했다. 루틴에 운동 강도를 높이는 '메기'를 풀어놓은 것은 좋았으나, 체력에 한계를 느낄수록 운동은 그에게 부담스러운 것이 되었다.

두 운동을 취미로조차 즐기지 못할 지경에 이르자, 그는 스스로만의 보상으로 즐거움을 연결했다. 운동 후에 사탕이나 빙수 같은 달콤한 것들을 직접 보상으로 걸어뒀고, 일정한 운동 강도를 채우면 바로 보상받는 형식으로 자신을 달랬다. 손에 쥘 수 있는 보상과 소소한 즐거움이 생기자 목표와 동기부여가 생기기 시작했고, 나중엔 별도의 보상이 없어도 자발적으로 운동하는 루틴을 소화하게 되었다.

시간이 지나고 증세가 호전되면서 그는 대중교통도 이용할 수 있게 되었고, 자연스레 사람들도 만날 수 있게 되었다. 일상 전체를 부정적인 흐름에서 긍정적인 흐름으로 서서히 옮겨간 것이다.

만약 하루에 15분씩 뛰기가 지치고 힘들다면, 자신만의 즐거움과 연결하자. 노래 듣는 것을 좋아한다면, 좋아하는 가수의 노래를 듣는 시간으로 활용하자. 이것이 바로 '조건화 과정'이다. 혼자만의 망상에 빠지는 것을 좋아한다면, 달리기와 '연합'시키자. 달리기를 하는 시간이 기다려질지도 모른다.

어찌 되었건 운동은 즐거운 것이 되어야 한다. 그렇게 할 때 앵커링에서 성공할 수 있고 우리의 삶은 달라질 수 있다. 당신은 자신의 삶에서 무엇이 달라지기를 원하는가?

고통 극복을 위한
조율

강한 느낌과 감정을 갖고 여러 번 무엇인가를 반복하면, 자기 안에서 조율되어 자동으로 행동이 튀어나오게 된다. 에어로빅 강좌에 겨우 한 번 갔다 와서 자신이 완벽한 몸매를 가지게 되었고, 평생 건강할 것이라고 생각하는 사람은 없을 것이다. 감정과 행동의 변화도 마찬가지다. 우리는 고통스러운 것의 극복을 위해 자기 자신을 조율해야 한다. 그러한 조율 작업을 통해 평생 유지할 수 있는 습관의 패턴을 계발할 수 있다.

조율 작업

인생의 변화를 위해서는 조율작업이 필요할 수 있다. 우리의 신경 시스템에 원하는 행동을 즐거움과 연결하는 것이다. 그런 조율에 '매일' 15분씩 뛰는 것이 중요한 역할을 할 수 있다. 매일매일 피아노 줄을 조율하듯이, 나의 하루를 조율하는 것이다. 가벼운 달리기를 '습관화' 하면서 신경 시스템이 조율되도록 허용해 보라. 삶이 달라지는 것을 느끼게 될 것이다.

많은 학생들을 과외 하면서 느낀 점은, 처음에 좋은 이야기를 해주거나 습관을 가지게 해주어도 계속해서 자극을 주지 않으면 다시 원래 관성대로 돌아간다는 것이다. 그렇기에 우리 인체의 신경시스템은 조율이 필요하다. 습관을 만드는 일은 쉽지 않은데, 그 이유는 습관을 만드는 환경에도 주의를 기울이지 않기 때문이다.

인간은 나약하다

사람은 꽤나 의지가 강한 동물처럼 평가되기도 하는데,

나는 그런 생각에 조금 다른 견해를 가지고 있다. 사람은 연약하고 쉽게 흐트러진다. 그래서 원하는 것을 성취하지 못하는 가장 큰 이유 중에 하나가 같은 환경에 머무르면서 변하기를 기대하는 데에 있다.

만약 다이어트를 시작하는데 지난번에 마트에서 할인한 다고 산 라면이 한 박스나 있다면 누구도 라면의 유혹에서 자유롭지 못할 것이다. '견물생심(見物生心)'이라는 말처럼 계속 눈에 보이면 먹고 싶은 마음이 커질 수밖에 없다. 이때 해결 방법은 간단하다. 라면이 없는 새로운 환경을 만들기 위해 지인에게 라면을 선물하면 된다.

달릴 수 있도록 주변을 바꾸라

달리는 것을 사랑하고 싶다면, 먼저 자신의 주변을 바꾸어 보자. 환경의 변화를 가져와야 제대로 달릴 수 있다. 예를 들어, 알람을 맞출 때에는 달리면서 듣는 음악 중에서 가장 신나는 곡으로 셋팅해 놓자. 일어나자마자 런닝할 때 입는 옷을 입을 수 있도록 침대에서 가장 가까운 곳에 미리 옷을 챙겨 놓자. 집을 나갈 때 런닝화를 바로 신을 수 있도록 신발장에는 가장 좋아하는 런닝화를 두자. 그리고 곧장 피트니스 센터로 가야 한다. 머릿속에서 무언가를 생각하기 이전에 무의식적으로 행동할 수 있게끔 환경을 바꾸어야 한다.

자신에게 무엇이 필요한지 돌아보라. 그리고 달리기를 왜해야 하는지에 대한 이유를 알았다면, 적극적으로 즉각적으로 실천할 수 있도록 환경을 바꾸어라. 당신이 해야 할일은 달리는 것이다. 달리기가 유익하다는 것을 당신은 너무나도 잘 알고 있다. 어렵다면 자신을 탓하지 말고, 환경을 바꾸지 않았던 무지에 대해 탓하라. 환경을 조율해 습관이 자리 잡기 쉬운 환경이 가꾸어졌다면, 반복하고 또 반복하자. 잘 조율된 피아노처럼 듣기 매력적인 소리도 없다. 그러나 조율되지 않으면, 그저 시끄러운 소음일 뿐이다. 당신의 공간을 조율하고, 환경을 조율하라.

어떻게
뛰어야 하는가?

신용카드 내역서를 보면 그 사람의 성향을 어느 정도는 파악할 수 있다. 무엇을 좋아하는지 어느 장소에 자주 가는지, 삶의 패턴은 어떻게 이루어지고 있는지 등을 이해할 수 있다. 예를 들어, 특정 스타벅스 매장의 카드 내역서가 많다면 그 사람은 커피를 좋아하고 주로 산책하거나 개인 용무로 지나는 길이 그 매장 근처일 가능성이 높다. 파스타를 주문한 카드 내역서가 많다면 그 사람은 이탈리안 요리나 서양 음식을 좋아할 가능성이 높다.

그런데 이 내역들은 대부분 계속해서 유지된다. 개인이 어떠한 결심을 한다고 해서 크게 달라지지 않는다. 내가 가고자 하는 방향보다는, 이상하게도 관성대로 큰 강줄기처럼 계속 흘러가는 경우가 많다.

감정에 따라 내리는 결정

운동의 가치와 기쁨을 아는 사람들은 당연히 운동을 즐길 것이다. 하지만 그렇지 않은 사람은 운동을 하기 어려워하는 경우가 많다. 그렇게 운동은 자신의 우선순위에서 매우 쉽게 밀리게 된다.

운동을 하지 않을 수백 가지 이유는 알지만, 운동을 해야할 이유를 대는 사람은 많이 없다. 오늘은 피곤해서, 오늘은 추워서, 오늘은 눈이 와서 하기는 싫지만, 꼭 해야만 하는 이유를 대기는 쉽지 않다.

미국의 심리학자 줄리안 로터가 제시한 '통제 위치'라는 개념에 따르면 자신의 삶이나 행동 미래를 통제하고 있다는 느낌을 강화하는 것이 바로 '행동 편향'이라 한다. 동기부여는 잊어버리자. 근거 없는 믿음일 뿐이다. 생각 외로, 대부분의 사람들이 감정에 따라 결정을 내린다. 생각보다 감정이 우선하고, 행동보다 감정이 우선한다. 누군가 이야기했던 것처럼 인간은 '감정이 있는 생각하는 기계'가 아니라, '생각하는 감정기계'이다. 결국 우리는 감정에 따라 결정을 내리는 것이다.

사람은 감정의 지배를 받는다

사람들이 이성적으로 행동하기를 바라지만 그렇게 되지 않는다는 것을 나 역시 경험으로 잘 알고 있다. 사람들이 생각하는 것을 표현하는 방식도 그런 것 같다. 어쩌면 이해하는 방식도 이성적이지 않다는 것을 경험적으로 잘 알고 있다.

예를 들면, 낯선 곳에 가게 되면 하는 행동들은 이성적이지 않다. 원래 마음먹은 대로 잘 되지 않고, 평소에 나의 모습과는 다른 모습이 나타난다. 내가 원하지 않는 모습일 때가 많다. 왜 그런 것일까? 사람은 이성보다는 감정에 더 많은 영향을 받기 때문 아닐까? 감정은 다스리기가 어렵다. 그리고 많은 사람들은 감정이 즉각적으로 반응하는 것으로 여긴다. 화를 내거나 짜증을 내거나 기쁨을 표현하거나 행복감을 느끼는 것도 생각할 필요 없이 나타나는 반응으로 생각한다.

그러나 내가 달리기를 하면서 깨닫게 된 것은, 감정이란 즉각적인 반응처럼 보이지만 훈련된 반응이라는 것이다. 타인에게 보이게 되는 감정 표현은 오랜 시간 동안 경험을 통해서 만들어진 '나'라는 사람이 보여주는 나의 모습이다. 그러니까 나의 경험과 생각이 나를 만들어 가는 과정에서 감정으로 드러나게 된다고 말할 수 있다. 나의 모습이 어떤 사건을 경험하거나 부딪치게 되면 반응하는 '과정'이 감정 표현이라고 볼 수 있다.

사람이 사건을 이해하고 자기를 이해하는 과정에서 가장 중요한 것은 '감정'이다. 감정은 타인을 설득하는 일에서도 가장 중요한 역할을 한다. 감정은 나를 깨우고 나를 만든다. 그리고 나를 성장하게 하고 달리는 일에 집중하게 만든다. 간단히 정리하면 '논리 하나만 가지고는 설득을 할 수 없다.'는 것이다. 감정이 더 큰 역할을 한다. 이는 세상에서 가장 논리적인 사람들이 한 말이라고 나는 생각한다.

달리기가 나를 정화하는 과정

달리기를 하는 동안 나는 나의 일상을 정리한다. 내 스스로가 오늘 어떤 사람이었는가를 고민하고 정리해 본다. 워밍업을 하는 동안 하루를 반성하는 시간을 갖는다. 그리고 기억해야 할 부분과 덜어내야 할 부분은 무엇인지 구분해 본다. 그러고 나서 워밍업이 끝나면 인터벌 달리기로 진입하게 되는데, 이때에는 부정적인 생각들을 모두 덜어내는 시간으로 사용한다.

달리기를 하면서 호흡이 가빠지고 심방박동이 격렬해지는 순간이 찾아오면, 온전히 달리기에만 집중할 수밖에 없다. 그러는 동안 부정적인 생각들은 모두 몰아낼 수 있다. 나의 부정적인 영향, 하루 동안 내가 수용해야만 했던 부정적인 선입견들을 모두 내 마음에서 멀어지게 된다. 인터벌 달리기가 끝나면 나는 다시 회복 달리기 모드로 전환한다.

이때가 가장 중요하다. 부정적인 것을 몰아냈으니 이때에는 나에게 가장 중요한 것이 무엇인지 채워 넣어야 한다. 나는 끊임없이 나의 성장과 발전을 꿈꾼다. 그리고 성장이 멈추지 않도록 나를 독려한다. 나를 깨우고 부정적인 영향에서 벗어나 긍정적인 에너지를 채워주는 것은 바로 달리기이다.

15분 달리기 방법

5분 워밍업 - 하루를 반성하는 시간을 갖는다.

7분 인터벌 달리기 - 심장 박동을 최대한 끌어올린다. 호흡과 자세에 집중해서 하루 동안 받았던 부정적인 영향과 내가 가지고 있는 선입견들을 모두 몰아낸다.

3분 회복 달리기 - 이 단계가 가장 중요하다. 호흡을 안정시키면서 나의 성장과 발전을 꿈꾼다. 나를 깨어나게 한다.

워밍업과 인터벌 달리기 그리고 회복 달리기의 시간은 자신의 상황에 맞추어서 진행하면 된다. 인터벌 달리기의 시간을 조금 더 늘일 수 있고, 줄일 수도 있다. 당신이 15분 달리기에 어느 정도 익숙해지면 인터벌 달리기의 비중을 늘리고 싶어질 것이다

결국 나의 삶을 변화시키기 위해 지금 해야 할 것은 용기 있게, 스스로를 밀어붙이려는 그 감정으로 구체적인 행동을 옮기는 일이다. 딱 5초를 세고, 바로 시작하자. 나의 강

줄기를 바꾸는 것이다. 그 즉시 뇌가 생각할 시간을 주지 않고, 멜 로빈스가 그의 저서 『5초의 법칙』에서 말했던 것처럼, 5, 4, 3, 2, 1 카운트를 센 뒤 바로 운동하러 가는 것이다. 침대 혹은 소파와 한 몸이던 몸을 일으켜라. 아침을 지배하고 인생을 변화시켜라.

실천할 수 있는 방법
- 노트에 적어라

수첩에다가 아침에 일어나서 스케줄을 적을 때, 가장 높은 우선순위에 '15분 달리기' 이것을 넣어야 뛸 수 있다. 안 그러면 뛰기 힘들다. 운동은 좋아하기 쉽지 않기 때문이다. 생각하지 말고, 우선 노트에 적어라. '반드시 할 일'로 정하고 중요한 이유를 적어라. 게일 메튜스 심리학과 교수가 실시한 조사에 따르면 자신의 목표를 적어두는 간단한 행동만으로 목표를 성취할 가능성이 42퍼센트 높아진다고 한다.

메모를 활용하는 방법

A씨는 노트 메모를 적극적으로 활용했다. 개인공간과 사

무공간에 포스트잇이나 노트 등을 늘 비치해 두고 그때그때의 일정을 복기하거나 적절한 아이디어가 떠올랐을 때, 날것 그대로 적는다. 심지어 잠들기 전이나 씻는 와중에 내면 에너지를 통해 자극 받은 생각들도 바로 적는다.

혼자만 맥락을 파악할 수 있는 낱말에서부터 구체적이고 완성된 문장까지 다양한 내용이 축적된다. 쌓아둔 기록과 메모들은 업무나 창작에서 새로운 맥락으로 재배치된다. 당장에 쓸 일이 없고 관계없어 보이는 말들이 모여, 새로운 질서를 이루는 과정이, A씨가 메모에 집중하게 만드는 이유다.

A씨는 메모하는 습관을 멘토링에도 적극 활용하였다. 대입을 앞둔 수험생에게 그는 크고 작은 생각들을 바로 적어두고, 블로그와 같은 일정한 도구에 한데 모아 축적해둘 것을 조언했다. 철학과를 희망하고 있었던 수험생은 철학 논문 해설 팟캐스트 녹음자료를 블로그에 게시했고, 자신의 독서목록과 리뷰, 철학과 연관된 생각들을 차근히 정돈하기 시작했다.

3년 동안의 누적을 거치자, 담긴 자료들마다 깊이가 생기고 일관성이 생겨 하나의 습관으로 자리 잡게 되었고, 자연스럽게 즐기며 누적시킨 메모들은 후일 입학사정관 전형의 증빙자료로 활용되어 합격이라는 긍정적인 결과에도 영향을 미쳤다.

메모, 그리고 앵커링

15분 달리기 후 느닷없이 다가오는 생각들은 대부분 앵커링을 통해서 만들어진 가능성의 확대로 생긴 영감일 가능성이 높다. 단어이든 문장이든 놓치지 않고 적어두고 축적과 편집을 거친다면, 새로운 돌파구가 열릴 수도 있다.

건강 적금을
들어라

15분 달리기는 일종의 건강적금이기도 하다. 약간의 예금을 통해 틈틈이 이자를 불려 나가는 적금처럼, 건강도 규칙적이고 건강한 습관을 통해 저축하고, 필요할 때 당겨서 쓸 수 있는 것이다.

몸에 익히는 시간

달리기를 하면서 내가 느낀 것은 어느 정도 몸에 익히는 시간이 중요하다는 점이었다. 한두 번 운동을 시작하는 사람은 많아도 그것을 꾸준하게 하는 사람들은 드물다는 것은, 습관을 들이는 일이 쉽지 않음을 다시 한 번 느낀다.

어떤 사람은 달리기를 시작하면서 말할 수 없는 쾌감을 느끼고, 어떤 사람은 그것을 효과적이지 않다고 여긴다. 때로는 달리는 일 자체에 재미있어하지만, 다른 일정이 바쁘다는 것을 핑계로 지속적으로 하지 않는다. 여전히 습관을 만들어가는 동기부여가 부족하다면, 습관의 메커니즘에 대해 다르게 접근해보는 것은 어떨까?

알지 못하는 순간에도 새겨진다

어찌 되었든 우리가 할 수 있는 것은 매번 습관을 만드는 일이 쉬운 일이 아니지만, 하면 할수록 나도 잘 인지하지 못하는 순간에도 나의 몸에 나의 행동들과 생각들이 새겨진다는 점이다. 달리는 행위 자체는 의미가 없을지도 모른다. 하지만 달리는 순간부터 나의 몸과 마음에 성공 습관의 메커니즘이 각인되기 시작한다.

달리기는 '보험'

나는 달리기가 일종의 보험이라고 여긴다. 습관을 만드는 것은 보험에 드는 것과 같다. 물론 좋은 습관이어야 보험에 든 것이라고 말할 수 있다. 그것은 너무나도 당연한 일이다. 달리기는 나의 정신을 깨우고 육체를 살아있는 것으로 여기게 만든다. 달리기는 나에게 모든 것을 이겨낼 수 있게 만드는 가장 강력한 보험이다.

실제로 수험생이었던 시절에 2주라는 짧은 기간 동안 4차례의 편입 시험일정을 소화 했었는데 전부 밤을 새우고 갔던 적이 있다. 나는 평소에 준비했던 건강은행이 있었기에 건강적금을 십분 활용할 수 있었다. 체력적으로 4번의 시험 모두 끄떡없었다.

건강 적금은 이자도 준다. 15분 뛰기 건강 적금은 감기에도 걸리지 않는 튼튼한 몸을 이자로 주었고, 평소 소화기관이 안 좋아서 심지어 샐러드를 먹고 체한 적도 있었는데 뛰기 시작한 이래로는 한 번도 체한 적 없이 없다. 고작 하루에 15분 뛰었다고 말이다. 반면 같이 공부했던 수험생들 중 하루 종일 공부만 하고 운동을 하지 않았던 사람들은 시험 보기 전 컨디션 조절에 어려움을 겪었다.

그러다 보니 신용카드 쓰듯 건강을 당겨 쓴 사람들은 큰 시험을 보고 나면 골골대고 2~3주 동안 밖에도 못 나가곤 했다. 나는 남들이 병원을 가는 시간에도 건강적금을 활용해 공부를 할 수 있었고, 너무 튼튼해서 주위에서 수험생이 체질이라는 말도 듣기도 했다.

핑계 대지 말기

다시 한 번 정리하자. 우선 기억해야 할 것은 이것이다. "이것저것 핑계를 대지 말자. 뇌가 생각하는 순간, 자기 합리화에 들어간다." 5, 4, 3, 2, 1 카운트를 센 뒤, 바로 운동을 하러 가자.

앵커링,
언제 해야 좋은가?

뛰는 방법을 알았다면, 언제 뛰어야 하는지도 생각해야 한다. 나는 뛰는 시간을 크게 아침과 낮 시간 2가지로 생각했다. 우선은 아침에 뛰는 것에 대해 알아보자.

아침 시간 그리고 커피

하루를 시작하는 아침 시간에 일어나서, 마치 스프링 튀듯 추진력을 얻는 것은 매우 좋다. 달리기 전에 커피 한 잔을 곁들이는 것도 좋다. 내가 제일 좋아하는 음료인 아이스 아메리카노는 늘 매력적이고 매번 다르다.

예전에 '수요미식회'에 방영되었던 풍림다방에 가고 싶어서, 나도 제주도에 간 적이 있었다. 풍림다방은 방송에 나간 후에 모여드는 사람들 때문에 커피를 마시기 힘든 곳이 되었다. 나는 문을 열기 2시간 전부터 줄을 섰지만, 커피를 마시기까지 3시간을 더 기다렸다. 총 5시간을 넘게 기다려서 마시게 된 커피였는데 그 수고에 보답하듯 맛과 풍미가 정말 훌륭했다.

이러한 커피에 대한 나의 사랑과 마실 때마다 새로움을 느끼게 하는 마력 때문에 나는 달리기를 하기 전에 커피를 한 모금 마신다. 커피가 아직 남아 있는 졸음을 쫓아내고 육체와 정신에게 강력한 에너지를 제공하는 것처럼 느낀다. 실제로 커피는 다양한 효능이 있는 것으로 알려져 있는데, 달리기에도 큰 도움이 된다.

커피를 마시고 달린 것과 그렇지 않고 달리는 것은 심리적으로나 과학적으로 누구나 체감할 수 있을 만큼 차이가 크다. 커피를 한 잔 내리고 커피 향을 맡으면서 달리기를 준비하는 것은 어떨까? 텀블러에 채운 커피만큼 마음도 풍요로워진다. 혹시 커피를 마시지 못하는 사람이라면 자기가 좋아하는 적절한 음료를 마셔도 비슷한 효과를 볼 수 있다.

낮 시간의 달리기

아침에 뛰는 것도 좋지만, 낮에 뛰는 것 또한 괜찮다. 『1일 30분』의 저자 후루이치 유키오 말에 따르면, 인간은 일반적으로 7시간 정도 잠자기 때문에 나머지 17시간 중 3시간, 즉 엄밀히 하면 하루의 17.6퍼센트가 비생산적인 활동이라고 한다. 시간을 잘 컨트롤하면 생산적인 활동시간을 늘릴 수 있다.

낮 시간은 보통 밥을 먹고, 모든 혈액이 소화기관에 가서 뇌로 가는 혈액량이 줄어들기 때문에 생산성이 굉장히 낮은 시간이다. 이때는 공부를 제자리에서 바로 한다거나 뭔가를 집중해서 하기가 매우 힘들고, 몸도 나른해진다. 그 시간이 의미 없이 붕 뜰 수 있으니 죽은 시간을 살리는 개념으로 차라리 운동을 시도해 보자.

이때 운동을 하면 혈액이 한 바퀴 돌아서 말초기관과 뇌까지 혈액이 공급되기 때문에 다시 맑은 기분으로 공부를 할 수 있다. 운동을 해서 소화가 안 된다고 말하는 사람도 있다. 그러나 그것은 격렬한 운동. 즉 모든 혈액이 근육에 총동원 될 때의 이야기이다. 15분 운동은 정말 가벼운 운동이고, 혈액순환에 도움이 되는 운동이기에 오히려 소화가 잘된다.

　지루한 일과가 이어질 때, 기분 전환이나 새 힘을 얻기 위해서 달리기를 해 보는 것은 어떨까? 긴 시간의 투자가 아니다. 단지 15분이면 된다. 이 짧은 시간의 리프레쉬(refresh)로 인하여 당신의 하루는 생산성이 높아지고, 인생도 점점 달라질 것이다.

페이스
메이커

주 1회 정도는 친구를 불러서 같이 뛰자. 강제성을 어느 정도 동반하는 것이다. 나 역시 혼자서 뛰는 것을 반복하다가, 주 1회 정도는 같이 뛰는 메이트가 있었으면 좋겠다고 생각했었다. 그래서 운동 메이트를 만들고 나니, 그럭저럭 매일 뛸 만했다. 새로운 에너지를 공급받는 활력소로써 같이 뛰는 '페이스 메이커'가 있으면 굉장히 좋다.

페이스 메이커란 본래는 박동조율기를 뜻하는 것으로, 우심방의 자동조율 세포를 의미한다. 이는 뇌의 지시로 뛰는 것이 아니라, 전기적 신호로 스스로 뛰는 세포이다. 페이스 메이커는 마라톤이나 수영 등 스포츠에서 유력 우승 후보의 기록 단축을 위해 전략상 투입되는 선수를 지칭하는 단어이기도 한다.

　함께 할 수 있는 사람이 있다는 것은 서로를 '붐업'시킬 수 있는 격려의 근원을 가지고 있다는 뜻이다. 이것은 서로의 상생에 있어서 매우 중요하다고 할 수 있다. 어떤 일을 진행하다 보면 빈드시 지치게 되는 순간이 오기 마련이다. 하지만 함께 할 수 있는 사람이 있다면, 지치게 되는 심리적 압박을 다소 상쇄할 수 있게 된다. 결국 더 많은 발전과 성취를 가능하게 한다.

맺음말: 당신의 의미 있는 성취를 위하여

본문에서도 이야기했지만, 나는 이 글을 읽고 있는 당신과 크게 다르지 않은 사람이다. 특정 이슈를 책으로 엮었다고 해서, 그것이 나의 특별성을 부여하는 것도 아니라고 생각한다. 그저, 하루 15분 달리기를 통해 자신에게 일어난 변화와 그 과정들 사이에 접해 온 독서 경험들이 어떻게 조화를 이룰 수 있을지, 어떻게 하면 되도록 많은 이들에게 선순환으로 이어질 수 있을지 고민 후 원고에 반영했을 뿐이다.

지속 가능한 자극 그리고 원동력

왜 군이 '하루 15분 달리기'인가 의문을 품지 않아도 좋다. 올바르고 위대한 습관은 저마다 다른 형태일 수 있다. 핵심은 그저 흘러가는 대로 지나쳐 가는 삶에 지치지 않도록 지속 가능한 자극과 원동력을 얻는 것이다. 이것이 바로 내가 생각하는 나만의 '앵커링' 핵심이다.

풍랑이 일어난 바다 한가운데 표류하고 있다고 생각해보자. 그 넓은 바다 한가운데서 당신이 안정감을 느낄 수 있는 유일한 방법은, 바로 닻을 내려서 배가 흔들리지 않도록 붙잡아 두는 것이다. 그렇게 구심점이 생기고 나면, 비바람이 걷히고 살아남았다는 희열과 더 열심히 목표를 향해 갈 수 있다는 희망이 당신 것이 될 것이다.

당신의 삶이 발전하기를

이 책에서 설명하는 '앵커링'은 당신이 알고 있는 것과 의미가 다소 다를 수도 있다. 하지만 외적 자극을 통해서 당신의 본질적인 것을 이끌어 낸다는 점에서 이 책은 매우 훌륭한 당신 인생의 치료법이 될 수 있다고 나는 믿는다. 당신은 지금까지 잘 견디어 왔으며, 앞으로도 인생을 성공적으로 이끌어 갈 수 있다. 그리고 이 책에서 지적하는 조언들을 그대로 따를 수 있다면 그야말로 환상적인 결과들이 당신 앞에 나타날 것이다.

내가 하루 15분 달리기를 선택한 이유는 단순하다. 나에게 가장 적합하고 실질적인 효과가 뛰어났으며, 어느 누구에게 구애 받지 않고 보편적으로 적용 가능하다는 점이었다. 지치기 쉽고 체력적으로 소모되기 쉽다고 생각하지만, 오히려 요가나 명상처럼 활동 자체에 집중할 수 있고, 잡념을 떨치기 좋은 형태의 습관이기도 하다. 육체와 정신의 긍정적 흐름 전환을 이루기 좋다는 점은 이 테크닉을 적용하고 있는 많은 사람들의 경험과 현재의 삶을 통해 증명 가능하다.

당신은 무엇을 이루기 원하는가?

이제 내가 당신에게 하나 묻겠다. 당신의 인생을 위해서 꼭 이루고 싶은 목표는 무엇인가? 돈, 행복, 명예 등 그 무엇이든 좋다. 하지만 그 목표는 저절로 만들어지지 않는다. 위대한 일을 이루기 위한 '에너지의 응축'이 필요하다. 당신은 그 에너지를 어떻게 만들어 낼 것인가?

인정하지 않을 수 없는 점은 인간은 너무나 나약하다는 사실이다. 에너지를 응축시키기 위해서는 고도의 집중이 필요한데, 사실상 인간 의지는 붙잡아 두기가 매우 힘들다. 유감스럽게도 이것은 노력한다고 해서 쉽사리 해결될 수 있는 문제가 아니다.

　　이 순간 필요한 것이 바로 '앵커링'이다! 적당한 위치에 닻을 내리고, 당신의 주의를 분산시키지 않도록 하면서, 온전히 에너지를 한곳에 모을 수 있도록 하는 강력한 수단이 필요하다. 앵커링은 당신에게 바로 그런 의미인 것이다. 앵커링의 팁은 당신 삶에 평생 더 많은 안정감을 줄 것이며, 더 큰 환희와 희망의 근거를 줄 것이다.

　　이제 숨을 크게 들이쉬어 보자. 의미 있는 당신의 성취를 위해서.

2020년 가을의 중턱에서

저자 서로